本成果受到中国人民大学"985工程"的支持

"798"一角有架琴

——中国人民大学学生优秀作品点评

主　编　王漫宇
副主编　付友梅　李贝贝
　　　　温　婧　卢熠蕾

中国人民公安大学出版社
·北　京·

图书在版编目（CIP）数据

"798"一角有架琴：中国人民大学学生优秀作品点评/王漫宇主编．—北京：中国人民公安大学出版社，2015.2
　ISBN 978-7-5653-2151-1

Ⅰ.①7… Ⅱ.①王… Ⅲ.①中国文学—当代文学—作品综合集 Ⅳ.①I217.1

中国版本图书馆 CIP 数据核字（2015）第 041846 号

"798"一角有架琴
主编　王漫宇

出版发行：	中国人民公安大学出版社
地　　址：	北京市西城区木樨地南里
邮政编码：	100038
发　　行：	新华书店
印　　刷：	北京市泰锐印刷有限责任公司
版　　次：	2015 年 2 月第 1 版
印　　次：	2015 年 2 月第 1 次
印　　张：	14.75
开　　本：	787 毫米×1092 毫米　1/16
字　　数：	185 千字
书　　号：	ISBN 978-7-5653-2151-1
定　　价：	45.00 元
网　　址：	www.cppsup.com.cn　www.porclub.com.cn
电子邮箱：	zbs@cppsup.com　zbs@cppsu.edu.cn

营销中心电话：010-83903254
读者服务部电话（门市）：010-83903257
警官读者俱乐部电话（网购、邮购）：010-83903253
教材分社电话：010-83903259

本社图书出现印装质量问题，由本社负责退换
版权所有　侵权必究

蘇東坡望江南句

江山猶是昔人非

書以共勉 甲子六月宇書

序　言

林　非

中国散文学会前会长、现名誉会长
中国鲁迅学会前会长
中国社会科学院研究生院教授、博士生导师

汉文字是我国最宝贵的非物质文化遗产。绵延几千年，被一代接一代的知识分子传承和发展。至今，她已经成为全世界范围内最具有独特魅力的文化现象。

老友王漫宇教授钟爱文学，更钟爱他的学生。今天，他把大家的作品集结在一起，并在每篇的后面都附上"点评"，汇编成了《"798"一角有架琴》一书。他如此细心，他对文学创作的珍视和敬业精神，太令我感动了，也让我有机会阅读这些青年学子们的新作。

书中辑录的有散文，有随笔，有小说，也有诗歌。读着这些作品，就像与年轻的朋友们沟通与谈心——虽然他们的写作风格各有不同，但是每位作者都富有灵动的智慧、丰富的想象、细腻的感受、清新的文笔和个性化的语言。这些都给我留下了深刻的印象。

人们常说，未来是属于青年的。这句话虽然普通，却是颠扑不破的真理。我相信，在这些热爱严肃文学和认真写作的青年才俊中，将会诞生出代表中国文学创作高峰的著名作家。我期待这样的日子早些到来。这也是一个进入耄耋之年的老人，对年轻一代的殷切期望。

2014 年初冬于北京

前　记

　　《"798"一角有架琴》是中国人民大学非中文专业学生的优秀作品选集，有幸得到中国人民大学"985工程"的支持得以出版，令人感动，备受鼓舞。

　　大学汉语课程开设以来，始终提倡并鼓励"将知识转化为能力"的学习风气，激发了学生们的写作热情。他们利用课余时间，创作了不少优秀作品。这些作品题材广泛、体裁多样、情思丰富、风格各异，展现出青春的风采和驾驭语言的能力。《"798"一角有架琴》选录了其中的五十余篇诗文。

　　这些作品，犹如春雨滋润下初放的花朵，也许有些稚嫩，也许不够挺拔，总之，也许尚不完美。但是，世上哪有那么多完美的事呀。在这些充满生机的文字里，激荡着青春的活力，展现着发现美、捕捉美的智慧，闪烁着丰富意蕴的光芒，流溢着优美语言的韵味儿。读来令人眼前一亮，令人思索回味。这对于十八九岁的青年来说，已经是难能可贵的了。这本选集，是他们写作道路上的第一个可贵的收获。我们为他们高兴，又深感欣慰。

　　毋庸讳言，这仅仅是美好的开始，"小荷才露尖尖角"。离着繁花盛开的愿景，还有一段很长很长的路要走。

　　繁花盛开，需要营养。在时代的大潮里，在生活的急流中，有取之不尽的灿烂的阳光、肥沃的土壤和甜美的水。

　　繁花盛开，需要园丁。我们身边有无数园丁在默默地奉献。

他们会给你知识和经验，他们会给你信心和力量。

繁花盛开，需要自强。风华正茂是青年得天独厚的优势。但是，学习、磨炼、坚持是不可或缺的。要知道"人生寻梦路，飞雨落英长"。在寻梦的道路上，不都是美丽的鲜花，更多的是苦涩和汗水。

走下去，走下去，直到光辉的顶峰！这是我们由衷的殷切的希望。

王漫宇
2014 年 10 月

目　录

听雨·洗心·看尘世

小书店	卢熠蕾	（3）
津城事——北纬39.1的温暖	陈祎妮	（22）
面条	王文启	（25）
汽笛	卢熠蕾	（28）
爷爷的老屋	钟　琳	（32）
转身，独留灶台	黄　康	（37）
日和·樱花物语	陈镜宇	（40）
花落的声音	陈镜宇	（44）
夜半·池畔	苏逸冰	（46）
晨光沐浴	苏逸冰	（48）
游玉渊潭	徐迎童	（50）
听雨·洗心·看尘世	吕　源	（53）
北岳游记	韩东升	（56）
秦御道记	韩东升	（59）
宁夏，撒下在大西北的珍珠	林茂锋	（63）
故土	卓　泓	（65）
寿宁——信仰的力量	吕　源	（68）

雨夜…………………………………………刘杉佳（71）

倾莲…………………………………………刘姣扬（74）

看破春晓……………………………………杨璎珞（77）

致远方我孤独美丽的你……………………李　奕（79）

随笔…………………………………………崔家乐（81）

品豆汁儿……………………………………文　婧（84）

我心中的一首诗……………………………刘罂星（86）

碎语二则……………………………………卢熠蕾（88）

方镇的故事

声嘶…………………………………………杨璎珞（95）

芳香…………………………………………杨璎珞（100）

方镇的故事…………………………………杨璎珞（106）

脚崴…………………………………………柳　迪（114）

芽……………………………………………王文启（119）

农家乐………………………………………宫紫天（123）

星空…………………………………………崔品妍（126）

丛林少女……………………………………卢熠蕾（139）

柴刀…………………………………………刘津阁（143）

老关的酒席…………………………………郭浩田（150）

浅浅…………………………………………杨璎珞（152）

爱情，原来只是猜测………………………陈　力（159）

2008 夏天，墨绿色的风吹过

观荷有感……………………………………解雯迦（171）

"798"一角有架琴…………………………胡文谷（173）

一杯水的寂寞 ··	董欣心（175）
雪狼 ··	林　俐（177）
雨夜心情 ···	董欣心（178）
香 ···	魏　兵（179）
五月的留恋 ··	董欣心（182）
在路上 ···	耿利杰（183）
2008夏天，墨绿色的风吹过 ················	丁　点（186）

大学里的双生花

有感于《平凡的世界》························	林　俐（193）
问院落凄凉，几番春暮	
——读《内闱》有感于宋代女性及其生活 ········	蔡怡婷（197）
九百年前的故人	
——读王水照《苏轼传》有感 ············	刘青玲（205）
商品经济时代与结构性浪费 ················	卢熠蕾（210）
大学里的双生花	
——崇洋与尚古的博弈 ·····················	苏逸冰（214）
巧与拙 ···	李修宜（217）

后记 ··· （220）

听雨·洗心·看尘世

小书店

卢熠蕾

　　我突然之间，非常想念，非常想念那个小书店。

　　也许是因为今天傍晚的天空过于晴朗了，能看见北京林立的高楼之上，长空如洗。道路两边华灯初上，最后一点霞光，已经在天边被大风吹散。如果是在另外一些黄昏，满天淡积云一早打好了铺垫，火烧云就会像一个生动的、玉石俱焚的爱情故事一样，再度携漫天霞光烧红地平线滚滚而来。那是一个不管不顾的姿态，早已没有了什么尊严，火烧云就像一个提着一蓬硕大的飘飞的嫁衣裙摆的新娘，那即将消散在地平线的天光就是她一路狂奔去追逐的、在大喜的日子里逃婚但却是她此生挚爱的新郎。受那样一个热烈的故事的感染，天空不会这么寂寞，被大风扫走了所有的霞光，很快归于冷落。然而北方的天空没有云彩，朗净得就像那些如同诗篇一般能够被迎着太阳诵读出来的年少：毫无愧疚的清白的声音，强烈表达的渴望。那些年少没有爱情只有眺望。那样的眺望是站在被铁窗封闭住的高塔顶楼，凝望那一道隐隐闪耀在田野尽头的地平线，目光越过洒满漫天霞光的、一排排年代久远的灰色平房。那些少年的黄昏简洁，专注，在想象上用掉生命里最干净的颜色，绝无纠缠和苟且，不谈柔肠寸断，就像是今天，北方秋天的傍晚——出奇高远朗净的天空。然后夜幕降临，夜晚的北京被人来车往与城市霓虹装点成一个流动与静止的璀璨。人大的校园里，树木摇摆出许多荒凉的声音。

今天的这个时刻，最终的审判来临。走多远其实都逃不过，总会被所有的过往捉拿归案。我应该是在学生会开完例会之后，立即赶往教学一楼自习的；我应该选那种五百人以上的阶梯大教室，因为从后门走进去，就能够看见自我面前一路由高至低渐次延伸下去的数十排空旷的座位，教室大得足以让人以为这样的自由就已经是全部了；我应该选最后一排的一个位子把书放下，因为这样，讲台、投影仪、所有一切与某种庄严气氛相关的存在都离我那么远，而我却在俯视这些规则；然后我就应该落座，收了心，开始与计算烦琐的数学题和枯燥的专业课概念默默较劲。日子匆忙，平淡，按部就班，死水微澜；唯有曾经沧海的敏锐感触偶尔洒落一撮异想的火光，让我有时也对生活提一点兴趣；昼夜往复，寻常如此。可是，当我抱着课本行色匆匆地朝教一走去的时候，突然之间发现自己如今已置身在另一种生活当中。漫天霞光照临，世界徐徐而温柔。一瞬间的恍若隔世。那些少年的时光，已经泪一样迫在眉睫。

我走进 1102 五百人阶梯大教室的时候，那个跳脱如鹿的少女此时正在什么地方演出另一场假想的流浪呢。我放下课本目光越过数十排课桌椅落在空荡荡的讲台上的时候，那个总是保持着托腮凝神姿态的少女，此刻却又在想望怎样的风景呢。头顶近百盏日光灯的白光，寂静地落在我的书页上。当我像很多个少年的晚上那样在上课铃打响时曲起双腿在最后一排坐下，用右手大拇指顶开水笔的笔盖；当我像那些晚上一样翻开手边的微积分课本，然后就着一页又一页的草稿纸提起笔埋下头去演算；当我眼中不再有五百人大教室的空旷与俯瞰苍生的自由；当我能看见的所有再一次只是那些横七竖八的函数图像和杂乱的演算式，落在书页上的白光，一如既往的寂静，好像已经这样高处不胜寒地眺望了一百年——逃不过的。然而，我再一次刹那间错以为自己回到了青春。

　　那些个十四岁、十五岁、十六岁的时候，晚霞在天边沉醉的黄昏，自高一起我就习惯于一搁下手中演算的笔就立刻端起饭盒开始扒晚饭，然后匆匆把饭盒连同调羹扔进便当袋，站起身，开始一场少年的冒险。时间总是很紧，必须在上晚自习之前回到学校。最开始的大多数时候其实也不过是出学校去城南乱逛，直到后来我发现了我的秘密天堂。日日在光线昏暗的楼道里踩着一双球鞋踢踢踏踏地下旋转楼梯，然后我走出教学楼，径自迈步向体育场旁的西校门走去。温凉大风鼓满傍晚的天空，晚霞已经在天边沉淀出一道寂寂的蓝紫。列车轰然辗过这个小城的边缘，归巢的鸟扑棱棱惊起一道旷古悠远的笛音。然后我走出校门，车水马龙的嘈杂一齐向我涌来。

　　归家的路人行色匆匆，道路两边一盏一盏路灯亮起橘黄色的灯光。夜幕也是这样降临。可是小城的那些房子啊，又矮，又挤，神情委顿，乱糟糟地一屁股就栽坐在马路的两边。家家户户亮起的灯火不是千灯辉映，从那浑浊的点点如豆黄光中涌出来的只有闾巷烟火的气息，难免熏黑了印象派的唯美风景——虽然此刻在回忆里，它们都显得那样可亲：当那些灰扑扑的房子三三两两就把街道应有的开阔视野给挤没了，路灯的黄光被圈在这样一个局促的空间里，反倒多出几分亲密的温馨。那些个少年的晚上，我总是一路疾走，经过滚滚车流和苍茫人海，胸腔里鼓满了翅膀振动的声音。那时总有许多小贩在路灯的黄光下摆摊。小城里那些上了年纪的行道树，是小城的夜晚里唯一的静谧：团团如盖的树冠里，藏着那糖球似的路灯与晕染开的光；那些黄光透过枝叶零打碎敲地洒落下来，小贩们锅碗瓢盆的家什上便盛满了明暗的光影。他们有些百无聊赖地照看着自己的一笔小生意，闲着便与路边上看店的老板娘扯些闲话。店铺都开在几级水泥台阶上，老板娘端个小凳坐在门口翘起圆滚滚的腿嗑着瓜子。那些店铺也个个都杂乱无章，缺乏管教的样子。仿佛永远也堆不下的各色货物争先恐后一直涌到门口，随时要倾巢而出的架势。小城的大多数店铺都像那些有个大嘴姨娘的小市民的家，家长里短都在门口乱飞。小贩们自己的摊子上也扎一只红灯罩的电灯泡，一到晚上便有许多飞虫在下面起舞。小贩弹一弹那连着灯泡的五色绞扭的电线，飞虫散开又聚拢。人行道的低洼处时常沤着积水。只有夜空很黑，深不见底的黑。

　　那些个少年的晚上，我就是穿过这些市井纷纭，一路疾走，奔向城南的那个小书店。我也经过这个小城唯一一条算得上是繁华的街道。南北向的胜利路从这个小城最大的一个十字路口向两边延伸，卖的东西都别无二致，自然大多是女人的衣服。胜利路上没有行道树，只有川流不息的车灯，紧张和兴奋地穿梭在店铺与店铺之间的女人们。这条路上高楼林立，这条路上也有万家灯火，那灯火带着人声的温度，是喧闹的灯火，在回忆里显出一种苍凉的温馨。十四岁的我在经过这条街道时，终于也忍不住要张望一下橱窗里的那些繁华。我的眼睛总是急匆匆地扫过静止的碎花波西米亚长裙上开得万紫千红的一个簇拥；扫过层层叠叠的蓬蓬白纱和刺绣蕾丝掩起的闺阁里的一帘幽梦；随兴挽着结的丝巾和不规则的裙摆就像一种自由主义在灯光里翩飞。然后我拐进一条狭窄的巷子，许多除了青春一无所有的外地年轻女孩裹着在已经打烊的批发市场里淘来的廉价衣衫匆匆忙忙与我擦肩而过，一折身拐进某个黑漆漆的门洞。在这样的时刻，她们的脸上通常都是冷若冰霜的表情，直到回到自己的出租屋才卸下强装的自我防卫的满身疲惫。可是她们那么美，瘦骨嶙峋地走在只剩下月光的小巷里，就好像这一整个被严重污染的工业城市所有架空的钢筋水泥都是为她们搭建的T台。然后我走出巷子口，愈发加快脚步，穿过缭乱树影与如潮车声。我知道我就快要到了。

　　那个小书店开在一个地下室里。哗啦啦推开两扇玻璃门，先与满架流行漫画五彩缤纷的书脊打个照面，然后忽略掉它们永远过分热情的招呼直接转过身朝地下一层走去。踩着一级一级铺着脏兮兮瓷砖的台阶，那瓷板上花纹的凹槽里积满了许多过客如我脚底的灰尘。窄窄一道向下延伸的楼梯两侧亦是无尽书脊向外，架上摆着考研考公务员临门一脚，而地上则堆着二折处理的旧书。

　　曾经有一个傍晚，还是高一下学期的时候，我第一次推开这扇落满暮色的店门走进来，蹲下身就在这布满灰尘的楼梯上逗留许久。一一阅读书名，专心挑挑拣拣。灯光黯淡，书店地下一层的响动和街道上人群的嘈杂都仿佛隔得很远。旧书泛黄的纸张，一页一页被翻过发出脆响。后来我才发现，只要一置身这家书店，我就会很轻易地忘记时间，直到双手沾满灰尘才终于心血来潮选中两本旧书，我拍拍封面，脚步轻快地走去结账。书店老板接过书，笑了，说，这个书便宜的。两册旧书被他放进黑洞洞的扫描区，红灯骤然亮起，嘀一声，电脑屏幕上闪出一个令人惊喜的数字。我抿一抿嘴，将一张皱巴巴的五元纸币放在收银台上。那一天我拎着一只簌簌作响的塑料袋走出店门，突然之间非常快乐。可是天色已经这样晚了，晚得可以看见被道旁两排矮矮的楼房切割下的一块长方形的天幕上，零落几颗明亮的星星。

　　那时我的城市漫游还尚有一架自行车助力，于是我把装着便宜书的塑料袋挂在车把手上，抬脚拨起支架就叫那前后轮飞转起来。直起身子的时候，胳膊像两条笔直的钢筋被焊在车把手上，两腿加力狂蹬，全神贯注避让来往的车辆。那时的我几乎是飞翔着掠过道路两边的高楼上因为速度而曝光过度的灯火和嘈杂市声。十四岁的时候我很是为自己不会吹口哨而感到遗憾，我想那真是一个表达一些没有来由的快乐的好方式啊，尤其是当你同时还凌驾于速度之上的时候。终于在上课铃打响之前回到教室，男生们在教室后排追追打打，女生们则凑在一起热烈地谈论着些什么。日光灯温柔地照耀着，所有或嬉笑怒骂或叽叽喳喳的少年时光。

我从前门走进来回到第一排自己的座位上,心满意足地舒出一口长气,然后打开桌板把塑料袋里的两本旧书拿出来放进抽屉。一本《天若有情》,一本《香雪海》。那个时候我还在看亦舒的小说,用一种十四岁的心情。

在那一道窄长的楼梯的中部,有一个小小的拐角。就在那一方局促的空间里,坐落着一个小收银台。小收银台上占据了大半地盘的是一台灰扑扑的电脑,可以查找书籍,结账,大多数时候其实还是被用来挂QQ和播放优酷视频。电脑旁还摆着一本摊开的笔记本,就那么四仰八叉被随心所欲地搁着,叫人猜不到它其实还有一个包着胶套绘有淡水彩的样貌清秀的外壳。许多次我在这家书店预定一些市面上几近绝迹的书,那些美丽的书名和伟大灵魂的名字就这么被我歪歪扭扭地记在这本笔记本上,然后在某一天循着一条神秘的路径,经过这家书店一齐出现在封面上,最后被交付到我的手中,其中包括三岛由纪夫的《金阁寺》和杜拉斯的《物质生活》。小收银台的周围横七竖八地堆着这样的预定书,有一些还裹着半开的牛皮纸包装,红色的塑料绳满地散乱。转过身,再跳下几级台阶,向左拐,一定向左,就到了我的秘密天堂。

一瞬间被密密麻麻的书名紧紧包围的时候,感受到如此真实的、难以言表的幸福。两根刷成雪白的水泥柱将一整间因为堆满各色书籍而显得挤挤攘攘的地下室分割成了左心房和右心房。日光灯有些力不从心地照耀着,让不那么亮堂的房间看起来更为狭小。可是或许正是因为挤,因为空间狭小带来的压迫感,才让这颗在钢筋的肋骨之间持续跳动的水泥心脏充斥着澎湃的血液。不断冲刷着右心房壁的,是蓝黑色的静脉血,是我们这个人声嘈杂的时代的表达与声音。静脉血里鱼龙混杂,唯独好在会有新的血液源源不断地涌进来。左心房泵动着动脉血,纯正而鲜红,所有的渣滓早已在它波澜壮阔地漫过历史河床的时候沉降得干干净净。好像这个世界上所有纯粹的灵魂,以及带着不息激情的、干净的东西，都有那么一点靠"左"。左边沿墙一字排开的书架上，典藏古籍和世界名著分庭抗礼。那些都是旧书了，如今二到五折抛售。可是那又不是一般的旧书啊！在写有"典藏古籍"的因受潮而褪色的标牌下面，长长一排严重磨损的蓝色书脊上，新唐书和汉书或者晋书已分不清彼此。千禧年之前出版的《红楼梦》，有黑色布面烫金标题的精装封面，翻开来先是十二页铜版纸印刷的金陵美人水彩工笔。"世界名著"则静静候在角落，守着满架满架从书脊来看已然褪色发黄的大部头。在最高的一架上我看见砖头一般厚的《萨特全集》和《普鲁斯特全集》，相毗邻的则是封面都已起卷的《波德莱尔传》和《里尔克传》。在这里，圣人的灵魂与天堂的歌声在一起。《波德莱尔传》我曾取下，拿在手中仔细看过，它的封面非常漂亮，在丛书统一的白色封面左上角，点缀着切割成方块状的以紫与黄为主色调的印象派风景。扉页上印着诗人的黑白照片，他有着神经质般的忧郁面容，他微微痉挛的手指间夹着香烟。《萨特全集》则一直记得它只有下卷没有上卷，因为我一直都没能在我家乡的小城里读到《存在与虚无》。但是，它也不是孤单的，波伏娃的《第二性》就在右下方静静地、地老天荒地陪伴着它。

在那满满当当地砌满了一整面墙的，书脊上全都印着从我幼时起就耳熟能详的名字的世界名著当中，曾有一部《一封陌生女人的来信》。十五岁时候的一个黄昏，我站在书架前仰望着它，突然之间非常想读，于是我就踮起脚伸手把它从高处够下来。那原来是一部茨威格作品精选集，于是我径自掀到目录，《一封陌生女人的来信》赫然印在一长串密密麻麻的题名的最中间。把书翻成一半对一半顺手舒服地搁在架子上，就着角落里昏暗的光线开始阅读：白描式的开头，文字简洁，入题顺畅，然后男主人公手中的信纸上绽开一张颤抖的口，传出来如同呼号般的，一个陌生女人的声音："你，从来也没有认识过我的你啊！"

那是我第一次读到茨威格的文字,第一次看见他用作牵引他的故事中所有可怜的悲伤的了不起的小人物的提绳的,极其纤细敏感的神经。在《一封陌生女人的来信》里,他用它牵动一只纤美苍白的几乎是神经质的手,痉挛着想要去采摘那搁在不可及的高处的一只描金绣凤的骨质瓷花瓶里,一朵开得鲜艳欲滴的红玫瑰。而那布景则是一块陈旧的,有虫蛀且沾着灰尘的,纯黑的天鹅绒。那不止是飞蛾扑火,要负责的所有只是纵身一跃和灼灼其华——那事实上是极其缓慢的,艰难的,绝望的耐心。那个故事讲述的是持续火红的燃烧与至死不渝的追逐,是一场无法停留,同时又永不止息的爱恋。当我阅读这个女人的一生,我的胸腔里鼓胀着一场交响音乐会上那样紧张的空气,弦管琴鼓在其中上演,阵阵激情:伴随着黑暗中大提琴持续低沉的悲泣,舞台中央的一小束白光里,钢琴奏出那片段式的、清澈的内心独白;一个女人的苍白面孔从薄薄的信纸上浮现,开始讲述她那早被宿命的阴影笼罩住的,深陷于他柔情蜜意的目光中不能自拔的少年——那就是这一场几近摧毁她一生的爱恋的起源;定音鼓的踏板灵活地转动,在短短一套乐章内改变十几个不同的音高;我看见她千里迢迢一路追随他的踪迹,跌宕起伏地从女店员到妓女到贵族夫人一系列或高贵或卑微的身份中穿越而过;高潮极其盛大地反复出现,所有音符一同波澜壮阔地涌动;当她与他在维也纳玫瑰盛开的十字路口第一次四目相对,当她站在灯光迷乱的舞厅里所有狂欢、浮华与喧嚣的旋涡中心,一回过头迎面正对上他渴慕的目光,当她一而再、再而三地在生命中的不同场合里怀着或纯洁或沧桑的热烈委身于他,她的心里曾无数次翻滚着沸腾的悲与喜;直至终场指挥家的手有力地在半空中一抓,满座寂然,舞台中央唯有风声从指挥家的指间徐徐漏下——她死了,终于什么也不再有了,燃烧殆尽了,就空了。可是在如潮的掌声中我热泪盈眶。

那天我站在书架前阅读这个故事,全然忘记了时间。文字从指缝中漏过的时候，心脏被烫得发疼。然后我决定把它买下来，不止买下这个故事，也买下这样一个夜晚。走出书店的时候已经不早，又一次我拎着塑料袋一路狂奔。大步流星地把月光铺地的小巷抛在身后，把市声喧嚷亮如白昼的胜利路抛在身后，把街边落满闲言碎语的缓慢流动的污水抛在身后，路灯只照见一个少女的影子长长短短打在墙上跳动。呼吸像拉风箱，心跳声急促地锻打着少年时火红发烫的灵魂。终于我一脚迈进学校便急急朝教学楼奔去，一路小跑奔上三楼的教室，然后从后门蹑手蹑脚走进去回到自己的座位，把书从课桌下面塞进书包。

那个时候，是渴望去爱，或者被爱的吧，是相信生命，能够以一种更绮丽的方式展开的吧。不然的话，为什么那些传奇里的人生，爱和恨就能够那么直白地来与来、去与去；为什么文字铭记下的那些时刻，都可以美丽得让人目眩神迷。那个时候的我，就算不知道传奇是传奇，是奇迹，是只能被建造在虚无之中的海市蜃楼，或者唯有在生命里的某一个神秘的时刻才会刹那间电光石火地迸发出来的幻光，也至少还在心中，存在着那么深的感动和热望。那是我的少年。

架起左心房与右心房的，是历史，是大浪淘沙的光阴。然而在这里，当你走下楼梯在决定左右之前就已出现在你视野正中央的，则是同样满满当当地被摆满了一整面墙的摄影集和画册。画册也是旧的，封面折角的，受潮发黄的，唯余那一页页坚挺的铜版纸还保留着它们作为正版书的骄傲。又或许，它们真正的骄傲在于那所有被这样高质量的纸张完好无损地保存下来了的，鲜活了几百乃至上千年的线条与色彩，因为那儿栖居着一个个画家的灵魂。自然，它们的价格，也因此较新华书店里的，那些被摆在一个高处不胜寒的地方的，包装完好齐整崭新的精装画集，要平易近人许多。所以，唯有这些生前不得志的，穷困潦倒的灵魂依然以一个寒酸的、落魄的形式来到我面前，我们才因接近真实而彼此平等，我才终于获得与他们惺惺相惜的机会。

　　曾买下过一本旧的《梵高》画集，封面磨损严重，一翻开来我却忍不住就在满目热热烈烈的色彩里红了眼眶：《吃土豆的人》，一盏旧式电灯投射出的昏暗光线里盘旋着灰尘；《阿尔的吊桥》，那天空的蓝色明媚动人极了；《向日葵》，在颓败的点缀之下极尽所能的金黄灿烂；《星空》，满天亮如垂泪的星斗被旋转成粗糙的河流；《群鸦乱飞的麦田》，在那蓝与黄的强烈对比带来的躁动不安接近一种极限的时候，一声枪响在错愕之中划破长空。我看着他从一眼目击现实生活那粗糙的、潦倒的、艰辛的、令人失望的本质，到试图用生命的色彩之热烈来与之对抗，最后终于力不从心身心崩溃，一头栽倒在波涛汹涌的金黄色的麦浪里。那本书破旧的封面被我用一张印满世界各地邮票图案的书皮小心地包起来。看着那些邮票上形形色色的邮戳，我就忍不住会想，那些因为太过纯粹而在这个世间无法停留的灵魂，他们的一生该是怎样的风尘仆仆；或者那些被世间遗落的在地图上不具名的小城，又曾怎样含辛茹苦地哺育了一个个这样伟大的灵魂。无人了如指掌。

　　有一个画家叫弗洛伊德，是另外一个歌手和精神病学家的兄弟。在这之前我从未听说过画家弗洛伊德，直到某天少年时候的我因被题名吸引而伸手把那本薄薄的画集从黑衣的勃朗特的旁边拿下来。画册封面仿佛被雨天的车轮来回辗过一般用粗糙的笔触刷满泥泞浑浊的颜色，一眼望去如同溃烂的河床。我在惊异之中轻轻掀到书中的某一页，然后再哗啦啦将整本画集从头翻到尾，才领悟那封面的主色其实是他笔下人体的颜色。整本画集印满了这样泥土色的人体，带着混沌的、绝望的神情。当我翻开这本画册，第一眼便目击一个摊开肥硕的四肢仰躺在床上的裸体女人。画面中央的女人简直是肆无忌惮地袒露着自己肥胖丑陋的身体，一团团的阴毛在分开的两条皮肉松弛的大腿间结成一块腌臢的黑色。然而她的目光却是混沌的，仿佛不觉得这样有什么不堪入目的，仿佛整个儿的生活其实也是没有什么意义的，更不必提好坏之分。作画时间该是在夜间，画家的运笔非常富有力度感，雕塑般地呈现出每一细部在灯光照耀之下的阴影和轮廓。我站住，目不转睛地看着，突然之间被一种残酷和悲凉击中了。后来我带走了那本画集。

　　升入高三之后，这样的黄昏就一天少似一天了。教室里一直亮到夜深的日光灯，日日夜夜见证着被应试教育的庞大机器排版成一排排黑压压的伏案书写的头颅的，我们这一代的青春。那些日子里，一打开桌板就是漫天飞舞的习题卷。每个月初我们像虔诚的基督徒一样，日日挂念着要去书店买那些据说能够传递最新考情考况的赞美诗集。一个高三的考生，所有的生活内容剔除吃喝拉撒最好不过能够被概括成两个字：背与练。背，基础概念要背解题套路要背还有许多在漫长的题海战术的演练中积压下来的琐细的小结论都要背，背顺背熟背得铭心刻骨背到自己从看到题目到给出思路之间的反应时间能够被缩短成无限趋于无；练，语文练答题格式作文套路，英语练反应能力和语感，数理化生练计算练方法练规范表述，勤勤恳恳地练，兢兢业业地练，练到一抓起笔自己就立刻能够熟能生巧得心应手地开始一番推演，转瞬间给出毫厘不差的正确结果。在日日夜夜的机械演算百回千次的重复应对之后，知识终于变得面目可憎，像落进鸡棚的天使一样浑身拖满泥泞和脏污。没有办法，当面对这些原本散发着真理的纯净光彩的，由无数先辈的智慧凝结而成的，自然与宇宙的奥妙和人类社会运行的机理时，一个高三的考生永远足够冷漠，大脑中只充斥着两个叽叽喳喳的声音而留不出一丝空间给动容：要准，要快，要第一时间在试卷上用最无懈可击的推算给出最滴水不漏的结果，要最有效地利用考场上有限的时间来拿到一个最漂亮的分数。知识的全部存在意义在这里被压缩成一门需要被熟练掌握的技艺，而这门技艺的唯一价值则在于用以烧制一块通往名牌大学的敲门砖。是的，就是这样，知识被完全功利了，生活被完全功利了。个人的思想、兴趣、情怀，如果不能被兑换成一个可以依傍的未来就完全得不到尊重。可是那些才是生活的真实。

　　那些才是生活的真实，是让我柔肠寸断的故乡，是唯一能够抚慰游子疲惫身心的地方。所以，在一些夕阳干净利落地拂袖而去的傍晚，天空毫无悬念地从漫天瑰红过渡到深不见底的蓝紫，少年时候的我还是要大步流星地逃离我的高中生活，奔向那个仍旧在暮色之中等候我的小书店。在穿过涌动暮色和如潮人群的时候，我总是行色匆匆一言不发，任一双眸子里倒映着小城夜晚或缭乱或阑珊的灯火。那时候我真的就像一个信马由缰一路狂奔的游子，流浪在归家的旅途上一个不知名的小城的夜色里。我甚至还会在匆匆掠过身边满街流淌的车流和尘嚣的时候像所有的游子一样情不自禁地唱起一些古老忧伤的歌谣，比如《蜀道难》，比如《归去来兮辞》。那些或奇谲瑰丽或平淡苍凉的词句对我而言从来都不只是一个会不定期地出现在考卷上的存在。一路疾走一路默念起它们的时候，我的眼前总是浮起一位诗人黯然销魂的神情。最后一个字的尾音像一声叹息那样落下，我就想，长歌可以当泣，远望可以当归。古人真是好心地啊，他们连最后的谢幕词都一早为我写好了，哪怕知道我给不了他们一个有灯光和掌声的舞台。偶尔我会侧过脸瞟一眼道旁商铺的落地玻璃窗上倒映出来的我的一片薄薄的剪影，一个步伐矫健的女孩子，外套的衣角牵起冰凉的夜风，转过来的清瘦侧脸看不出太多的神情。这一刻她是一个自由奔走的游子，所有在心中压抑许久的热望终于得以释放。

　　二零一二年阴雨连绵的早春是最暗无天日的日子。晦暗阴沉的天空像被关闭的盒盖，叫城市终日浸淫在永无止期的荒凉雨声里。高考临近，教室里开始挂上黄底红字的倒计时牌，渐有漫天纷飞之势的各种卷子掩埋了思想与情怀。那些日子里我变成了一只洋葱，眼看着自己的生活被时间催促着每日剥去一层。在浓烈的、催人泪下的芬芳中，我的生活被越剥越薄，剥到最后只剩下一个名为考生的社会身份。于是终于有一个晚上，不必上晚自习的周六，下午放学之后人都走空了，我一个人在食堂吃了两个冰凉的包子然后回到教室接着写数学卷子。中途被一道解析几何题卡住，草稿纸渐渐被我用横七竖八的各种方程式涂满，终于算到最后，根号里却冒出来好几个突兀的四位数，彼时我的头都已经算得发痛。教室的窗外仍是淅淅沥沥的雨声。一中的校园里没有路灯，从沾满灰尘的玻璃望出去，远方唯有一片漆黑苍茫。突然之间，我感觉到自己的生活已经无以为继。

　　想要离开，想要逃。一瞬间，非常想念那个城南的小书店里的昏暗光线，和旧书散发出来的弥漫整个小小的地下室的温暖的潮味。我抛下笔站起来走到教室后排，弯腰拎起自己白日撑开放在脏兮兮的瓷板地面上晾干的伞，就一脚跨出了后门的门槛。开着一盏小小的吊顶灯的楼道里依旧光线昏暗，我三步并作两步急急顺着旋转扶梯走下去。站在一层的台阶上，雨滴绵延不绝自头顶的房檐滴落，冰凉大风卷着雨扑打在我脸上。高一的时候，春雨从来都不会这么冷。那时自己总是撑一把伞脚步轻快地跳下这最后几级台阶从来不多做停留，欣喜地别过头看雨线缠绕着自己漆黑柔软的发丝。时隔七百多个日日夜夜，如今我又一次站在这一场少年的冒险的起点，然而身心却都已疲惫不堪。我立着愣了一会儿，突然之间红了眼眶，暗暗在心里做出决定，然后我就一脚踩进了冰凉的积水里。

　　那个早春的冷雨夜，十六岁的我打一把伞迎着狂风冷雨艰难地行进。我就像是走在一支虽败犹荣的军队中一样，昂着头奋力迈开步子深一脚浅一脚踩在湿漉漉的人行道上，任溅起的积水湿了裤脚。随着步伐的加大，我的呼吸也逐渐急促，迎面清凉大风裹挟着白茫茫水汽扑过来转瞬间灌满肺腑。马不停蹄一路疾走，倾斜的雨丝扫过我湿润冰凉的面颊。风卷过路边沾满雨水的玉兰花树哗啦啦洒落一地清凉,我越来越感觉到这个春天的雨夜如此令人神清气爽。终于,当我抵达那个小书店门口的时候,浑身早已狼狈不堪,裤子膝盖以下全部湿淋淋地贴在腿上。我站在街边一盏路灯湿润的黄光里,哆哆嗦嗦打了一阵抖,冻得笑了。

那天我带回家一本《名人传》。虽然遭了母亲几句训斥,踉踉跄跄被赶进浴室冲热水澡,心情却昂扬不减。举着花洒胡乱淋了几下便作罢,我换好衣服回到自己房间愉悦地继续写那张半途而废的数学卷子。夜深了,母亲关了灯回卧室睡觉。一片寂静之中,黑暗的客厅里传来石英钟清冽的走字声。雨夜像某种庞大而温柔的,毛发漆黑发亮的兽类,没有恶意地匍匐在我的窗外。这一刻我感到分外安心。于是我从书包里拿出那本《名人传》,摊开放在桌上开始阅读。《名人传》中有贝多芬传:"他矮小粗壮,一副运动员的结实骨架。""面部肌肉常常隆起,青筋暴跳;野性的眼睛变得格外的吓人;嘴唇发抖;一副被自己招来的魔鬼制服的巫师的神态。""像李尔王。"

读到一点钟,两点钟,也完全没有一丝倦意。在那个深夜,少年时的我为一种灵魂的伟大而深深动容。我整整把贝多芬传读了两遍,然后安静地,缓慢地,简直是珍惜地把书合上。护眼灯的白光落在封面贝多芬紧咬着牙床,愤怒和痛苦深印的狮子脸上,其背景是凝重的深红色。漆黑的玻璃窗上映照出我平静而哀伤的,几乎是肃穆的脸容,我凝视着贝多芬,仿佛看见贝多芬一边穿过雨夜的田野一边作曲:在他挥舞的双臂的指挥之下,大片乌云浩浩荡荡地席卷而过,雷声如马车轰然辗过天空,不时发出震耳欲聋的巨响;贝多芬为这刻骨的悲恸战栗着,他扭曲的面部表情显示出他不断地被卷入哀伤的旋涡之中;然而暴风雨仍在继续,千万根雨线如同战栗的琴弦被飓风狂暴地蹂躏着,急剧翻滚的麦浪和着狂风的怒号在天地之间交织出一派浓重的悲怆氛围;贝多芬咬紧牙关,几乎是在与这样无穷无尽的悲苦作战;终于一道银灰色的闪电划破黑云蔽空的苍穹，在这突然之间到来的，神启一般炫亮的光芒笼罩之下，无数随风猛烈摆动的麦穗都化作了挥舞的手臂，天地沉浸在一种神圣的狂欢当中；而贝多芬如痴如醉，激动狂放，如同老李尔王置身于电闪雷鸣之中。十六岁的我找不到任何一个词来形容，找不到任何一样奇迹来比拟，这是一种激越而雄浑的力量。所以我没有办法歌颂，不能够赞叹，也无法抒发内心涌动的情感，唯有盈泪而无言。我端坐在书桌前，窗外依旧漆黑一片，雨点如豆击打在湿漉漉的玻璃窗上。然后我想起自己的生活，临近高考的三月，坐在窗边穷尽所有的耐心写着仿佛无穷无尽的模拟卷子，听早春的冷雨单调地击打地面，如同置身茫茫大洋之中的一座荒岛。但是，我知道我能够战胜这样的日子，我绝不会沉堕于生活的悲苦之中。总有一天，我会远走他乡，我将一面以勇力与现实生活搏击，一面在广阔天地寻找心的皈依。我对自己说，我会让我的生命闪耀出光火。

　　护眼灯依旧亮着，窗外，夜无限广阔寥落。我知道我该睡了，因为明天一早在满室阴冷的光线中睁开眼睛时，又会有一个新的被各种习题卷和各科复习任务填补得满满当当的白日在等待着我。而我明白，这样的一个晚上不会为我多填满其中的一张数学卷子，或者为我多灌输一课语文诗词鉴赏答题技巧。但是，桌上静静地摆放着的《名人传》里，有一段文字下面还留存着我用铅笔划出的印迹："但胜利只是短暂一瞬，贝多芬分文未得。音乐会没有给他带回一个子儿。物质生活的窘迫毫无改观。他贫病交加，孤立无援，——但他却是个战胜者——人类平庸的战胜者，他自己命运的战胜者，他的苦痛的战胜者。"我知道，这样的一个晚上带给我的是面对生活的沉静的勇气。

　　要努力生活，要去非常遥远的地方，要拥有热烈的生命。

　　在我非常年少的时候，我曾经有过多少渴望呢：想要逃离这个在地图上找不到坐标的小城和其中琐碎平庸至无望的生活；想要摆脱逼迫千千万万的考生仅仅为了一个足够傲人的高考成绩而悬梁刺股十年寒窗的教育体制；想要去爱与被爱，想要独自立于一个于黑暗中缓缓沉落的舞台中央，全心全意地为了另一个人而灼灼其华地舞蹈；想要像梵高笔下漫天垂泪的星斗，还有贝多芬的琴键敲击出的激越的音符一样绚烂的生命；想要在每分每秒里活出生命的极致，想要心里时刻翻滚着情感与语言。那个时候，哪怕十四岁的我其实天真并且浅薄，一心贪恋着繁华和与繁华类同的那些潇洒的生活和精致的爱情；哪怕十五岁的我事实上不明白所谓刻骨铭心的爱情，以及爱情里那个能在我的心中激发出深切的温柔与悲喜的人，其实都只是我自己的幻觉；哪怕十六岁的我不知道一个伟大的灵魂必须承受何等巨大的牺牲，那样的牺牲绝非一个凡人所能担负得起，因为它无视并且将碾碎与人世间一个普通子民相连的一切权利和义务，它完全排除了一种平庸而健全的生活的可能。在我非常年少的时候，哪怕我一直都生活在文字为我构建的一个精致的海市蜃楼中，哪怕那个小书店其实就是这座云端的永无想在灰扑扑的大地上投下的一个玲珑剔透的影子，哪怕事实上所有我对别处生活的热望最后都会被贫瘠苍白到无可救药的现实击败，那个时候，其实就已经是我活得最没有浪费的时候了。那个时候我还可以叫这样全心全意地渴望像一场燎原烈火滚过亘古荒凉的生活；那个时候我还看不到当渴望被吹熄的时候，世界是怎样一点一点袒露出它冷硬贫瘠的骨骼。那个时候还太年轻。

　　离开家去往北京的前一天，我决定去和那个小书店告别。那一天依旧是黄昏时候，我逆着夕照看见自己长长的影子迤逦着拖过一条又一条，少年时曾无数次走过的灰扑扑的街道。回忆的气味如此强烈芬芳，就连现在也险些要叫我落下泪来。那一天我心情愉快地推开店门，再一次闻见了熟悉的潮味。顺着那一道窄窄的楼梯向下走去的时候，我的脚步分外轻快。然后我来到那个小收银台，相熟的店主看见我便站起来。那是我第一次这么细致地观察他俊朗的眉目，小麦色的洁净面庞。他其实是一个年过三十依然好看的男人。一瞬间的空白闪过，空气里多出几分尴尬意味。然后我对着他粲然一笑。我说，以后我就不会再来啦。

为什么？他有几分诧异。

因为我就要去上大学了。我非常开心地告诉他。

他微笑了。一定是好大学。我报出那一所北京高校的名字。他说，果然是好大学。对这一个重复出现的评价，我微笑，不禁报之以挖苦。我说，你词穷了吗？他眨了一下眼睛，慢腾腾地说道，我只是个开店的，虽说是书店，可也没什么文化，你不能要求我多会形容。我们于是一起笑了起来。这个时候，傍晚的光线从店门口无声无息地进来了，店里的空气顿时被染上一抹绚烂，同时又似乎还带着一点若有若无的，柔软的哀伤。

我顿一顿，郑重地说，嗯，所以，今天我是来和你的书店说再见的。他非常配合地换上一副郑重的神色，说，保重。我忍不住又笑起来，然后转过身跳上几级台阶，又别过头向他挥挥手。走出店门的时候，此起彼伏的喇叭声与从城市烟尘中漫过的滚滚车流在夕照里显出一种浑浊。太阳就要落山了。

你怀念吗？

点评：付友梅

本文是一篇叙事散文，叙事散文的写作目的在于揭示事件本身的意义，而这种意义又多与作者有密切关联。本文作者运用独特的视角深沉而又奔放地向我们展示了自己高中读书生活这一段经历，并写出了这段经历对自己人生的影响。作者驾驭文章的能力很强，笔力雄浑，表达生动，主旨深刻，令人感喟。

首先，文章采用夹叙夹议的表达方式，既生动地讲述了故事，又适时地议论抒情，使主旨得以突出。比如文中几处议论抒情，就是对前文所叙事件的高度总结和升华。而文中这种闪光的句子不止一处，它的不时出现，使文章张弛有序，华彩倍增。在叙述与抒情的过程中，作者还运用了大量的联想和想象的文字，造成虚实相生的效果，既丰富了内容，又增强了感染力。比如作者在写到阅读《一封陌生女人的来信》《名人传》等作品后都有这样大段的感受。

其次，文章采用对比衬托的表现手法非常得力。全文为了突出业余读书给"我"带来的乐趣和动力，强调名著对"我"人生的激励和推动，不惜花费大量笔墨从多角度为"我"设置了对比和衬托的人物事件：学校死水一潭般的学习环境和其他同学的漠然态度；街道两侧颓败的景象和小商小贩们得过且过的生活态度；外来打工妹们的灰色人生；小书店的脏乱环境，世界名著所受的冷落，光顾者的茫然以及小老板的无奈等，都从一个方面反衬出"我"的与众不同，同时也正是这些人事的不如意才使"我"萌生了改变现状，创造新生活的强烈愿望，而"书"的介入又大大推进了"我"的这一理想与追求。文中多次写到"我"买到书和读书后的欣喜与快乐，写到书中人物对自己思想的冲击与开拓，这样读书与不读书的前后状态也形成了鲜明的对比。这一切都为突出"我"的思想剧变做了铺垫，使"我"的成长更具有深远的社会意义，从而使文章的主题得以升华。

最后，文章语言生动犀利，比喻、拟人、通感等修辞新鲜独特，排比铺陈不时涌现，给人目不暇接之感，从而大大提升了本文的可读性，洋洋万言毫不乏味。文中许多抒写多是这样的，大家不妨玩味一番。

综上所述，本文之所以收到了这样诸多方面的表达效果，想来都是与作者深厚的生活积累和广泛的阅读分不开的，没有这些，作者是无法产生如此独特的观察与体悟能力的，看来文中所述自己的读书经历和生活阅历的确是真实的。当然，本文也有一些不足之处，比如文中有些内容详略处理不够得当，显得有些拖沓；有些句子过长，容易造成内容割裂和语法问题，个别词语也有生造之嫌。这些都会或多或少地影响读者的阅读速度与理解程度。初学者应引以为戒。

听雨·洗心·看尘世

津城事——北纬 39.1 的温暖

陈祎妮

这个清明，因着游过一座城池的记忆，并没有"清明时节雨纷纷，路上行人欲断魂"般的清冷，反倒给人一种温暖如夏之感。

从北京坐动车到天津，只需半小时。到车站的时候，看到不亚于春运般的人潮。奋力挤入黑压压的人群中，还是误了点，无奈只得重新买票。折腾了半天终于坐上了车，窗外一幕幕快速移动的物景，逐渐由熟悉到陌生，跳跃变幻着。不知想了多久，列车竟在自己的臆想中慢慢地停下。"亲爱的旅客，欢迎您来到天津！"耳朵里回响着这样的声音，终于，到了天津，到了这个北纬39.1 的城市。

一出动车，便是天津站。天津站真的很大，进去之后就如同进入一座白色的迷宫一般。和天津站不同，北京南站不会让人觉得很空旷，因为那里到处都是霓虹的广告牌，流光溢彩间反显充实。走在天津站里，四周寂寥，给人一种寂寞之感。走着走着，终于见到接我的朋友。许久不见的高中同学，一见面竟开始斗起嘴来，距离并没有冲淡我们的感情，就这样一路聊着聊着，不知不觉来到了南开。

和人大不同，南开的历史气息更为浓厚。走进校门，醒目的大字直直地跳入眼帘。曾经有这样一个人，万民景仰他的德行。他不辞辛劳，"鞠躬尽瘁，死而后已"地处理国事。南开是他的母校，他当年说的一句："我是爱南开的。"让历史与人们共同记住了南开。"当年忠贞为国筹,何曾怕断头?如今天下红遍,江山靠谁守?业未竟,身躯倦,鬓已秋;你我之辈,忍将夙愿,付与东流?"相传这是毛泽东于1975年写给周恩来的一首词。一字一句,充满着缅怀与不舍。怎样的学校才能孕育出这样一代伟人?而今天的南开似乎与历史上的南开略有不同。今天的南开多了些许现代的气息,当然,历史留给南开的痕迹并未就此被抹去,似乎眼前的一草一木、一砖一石仍能窥出老南开。

与南开浓烈的历史感不同,天津大学更体现出它的气派。在天津,南开与天大如同北京的北大、清华,上海的复旦、同济一般,总是被天津人相提并论。天大的建筑很是漂亮,在里面兜了几圈也无法尽数阅其风景。

——"看你这么喜欢看这些建筑,我还是带你去意式风景区吧。"

——"啊?艺术风景区?"

——"到了你就知道了。"

于是,便和朋友乘着公交准备去被自己听成"艺术风景区"的地方。一路上心里猜度着:会不会是"798"的另一个版本?还是满街画廊或是哥特式建筑?当然,答案是否定的。看到"Italian style town"时,心里不禁为之一动,踏入之后,仿佛掉进了安徒生童话世界一样。小资的咖啡馆,一摞摞的三色堇,以及有着优雅气息的欧式建筑,无一不让人着迷。

逛着逛着,已夕阳西下。夜晚的天津,蒙上了一层神秘的金色的面纱。这一天中最美好的时刻,当属吃完饭与好友一起漫步于海河河畔了。城市的霓虹与流动的海河水汇成一幅美妙的乐章。如果说海河算是天津的一大标志的话,那不可不提及的便是天津的世纪钟和天津之眼。正七点时,"咚咚——"厚而沉的钟声传入耳朵,让你的心不由地为之一震。而天津之眼在美丽的夜景的衬托下更显魅力。站在下面望着它时,不自觉地想起一个关于摩天轮的传说。传说摩天轮上的每个盒子都装满了幸福,所以当人们仰望摩天轮时,就是在仰望幸福。天津之眼是世界上唯一建在桥上的摩天轮,也给了期待幸福的人们更多的渴望。

很多次听到过这样的一句话,"心和身体,总有一样要在路上。"这个世界很大,你没见过的没听过的不代表不存在,所以需要自己体验,更需要阅读、思考与旅行。

如同我,当初填报志愿时,五个平行志愿全填的北京。在南方生活习惯了的人到北京,除了对天天阴转多云和略显污浊的空气不太适应之外,比较难受、需要长期适应的是干燥。天津的天气没北京那么糟糕,但依旧是灰蒙蒙的天。清明的北京,下着淅淅沥沥的小雨。而一直被朋友告知天津会有雨的我,却没有经历雨,也因此得以有机会逛这座城市。朋友开着玩笑说,也许是天津知道我要来玩,舍不得下雨呢。

每一座城市都有自己的物语,就像每一朵花都有其独特的花语一般。游走在天津的这两天,虽然空气中仍然有早春的冷意,但留给自己更多的,是浓浓的暖意。

点评:董丝雨

每一个城市,都有自己独特的韵味,天津虽然离北京近,很多东西打上了京城的烙印,但仍旧掩饰不住它蕴含的根深蒂固、不容改动、生命力特别顽强的文化因素。所以天津就是天津,没有成为北京,也没有成为上海。本文作者从南方来到北京求学,就近来了个"津城一日游",选择了南开、意式风景区这类人文气息浓厚的地方来感受这个城市。"心和身体,总有一样要在路上。"近些年来很流行这样的说法。作者用这篇短文告诉我们,应在短暂的生命中尽可能感受各个地方不一样的风情,这是十分有意义的。本文作者的语言就如笔下的天津,轻松活泼中带有一些调侃,读起来令人愉悦,感到亲切温暖。

面　条

王文启

　　《舌尖上的中国》的导演陈晓卿说："真正好吃的，是那些能慰藉心灵的食物。"

　　我母亲会做很多种好吃的饭食，我却唯独爱吃面条。和了蛋清的白面，光滑如剥壳的煮鸡蛋，擀成手擀面，配上西红柿鸡蛋的浇头；超市里买来的冷面，煮好后再切配食材，冷水冲洗滤尽面汤，拌上蔬菜丝和辣酱；粮油店的挂面，加上隔夜的肉汤，配上荷包蛋也是丰盛的一餐……似乎只要是面条，我都来者不拒。不过，从小到大，我最爱吃而且百吃不厌的，是老家乡亲送来的荞麦面。加水后是糙砺的浅灰，硬硬的很难成型，要用宽菜刀用力拨才能做出面条的样子，所以谓之"拨面"。浇头也颇费心思：东北酸菜和豆腐切丁，五花肉剁末加葱姜煸炒，爆香之后加水和酸菜丁、豆腐丁入锅中火煮。通常是这边的锅里煮着面，那边的锅里煮着浇头。灰白色粗短的荞麦面条出锅了，酸香开胃的酸菜肉丁浇头差不多也好了。如果是夏天，就让面条过凉，一口下去，酸咸可口，柔韧有嚼劲，甚是开胃；如果是冬天，就趁热吃，滚烫的面条和着肉汁跳在嘴里，母亲的味道想必就是这样。

　　上大学后，长期住在学校。北京的面店数不胜数，可惜我再怎么寻找，都没有一家东北面馆能做出家里母亲的味道。那就算了，也许家里的味道之所以独特，非独因为的确美味，更因为有那些带着微笑在灯下的氤氲暖气中等你的亲人,不然,离家的孩子还怎么能记得回家的路呢?口味,似乎总比身体更忠诚。

  2011年6月,我来北京参加全国历史联考,因为出发比较晚,到达北京的时候是凌晨三点,距离考试开始还有不到六个小时。时间赶得仓促,自然不能安顿在宾馆,干脆就在考场附近,一边候场一边等待早饭。中式快餐店微黄色的灯光在夏夜凌晨让人有不合季节的温暖。"上车饺子下车面",这是东北老人的讲究,要"上车有货,下车顺溜"。教政治的带队老师也犯了"迷信",考生统一是一大碗热腾腾的牛肉面。夏季凌晨仍有丝寒凉,热腾腾的牛肉面下肚后,考场就开门了。或许是那碗牛肉面的功劳,那天我们几个参考的学生,都拿到了联考加分。虽然一年后的裸考成绩告诉我那个加分可有可无,可当初那份"顺溜"的暖意,到今天我都记得。

  我想,人这一辈子能年轻多久,恐怕不在于你的肉体能留住多长时间的青春,而在于你的灵魂能燃烧多久的热血吧。和那些拼搏的日子有关的记忆,温暖得就像那碗牛肉面,吃到嘴里舒服,放在心里熨帖。

  也许你会为幸运女神的光临做好准备,那么当灾厄女神降临的时候呢?大二上的期末考试,原本有把握的基础课发挥失常,让我的排名一落千丈。祸不单行,心态没有恢复的我又白白断送了两门本可能"起死回生"的专业课。考试结束后,我的心情真是糟糕透了,毫无目的地走在街上,直到肠胃提醒大脑它的饥饿。时间是晚上9:30,晚饭时间早已过去,街上急等着回家的车辆也少了许多。旁边就是一家日式连锁拉面店,饿得难受,哪还有什么选择,什么面上得快自然就吃什么。点单的大哥看到我一脸沮丧,主动和我聊了起来。"呦,小伙子,这个点儿才吃晚饭?""考试没考好,吃不下。""这孩子,有点儿事儿就烦成这样。我媳妇儿有病,我一人挣钱供我闺女上大学,还给我媳妇儿看病,我不也过得好好儿的?""……嗯,谢谢您。""面来了,就着热乎劲儿吃吧,别丁点事儿就愁眉苦脸的。"

猪骨被反复熬制,终于失去了油脂和浮沫,胶原蛋白的乳色填满了一碗。舀起一喝,是不腻人的厚味,配上手打拉面,一口一口嚼得分明,好吃得让你忘了它们的原料有多么普通。嚼着嚼着不由得心生一念:你看这城市里,又有多少人用他们不起眼的人生,演着自己味道鲜活的偶像剧。

碗里乾坤大,面中岁月长啊。丝丝缕缕的面条,连起的恐怕不只是厨房和胃口,也有烟火日子里人与人之间咬不断的温情!

老板,来一碗面条,谢谢……

点评:王玉琳

该文第一段点明文章主旨,开门见山。第二三段形成比较明显的张力,由第二段美食节目式的理性书写,到第三段对于亲情的感怀,为整篇文章奠定了情理交融的基调。

在之后的夹叙夹议中,不难看出作者偏好使用"对比式"的叙述方式,用以突出自己立意表述的重点。例如"夏季凌晨仍有丝寒凉,热腾腾的牛肉面下肚"中的寒与热;"不在于你的肉体能留住多长时间的青春,而在于你的灵魂能燃烧多久的热血"里的肉体与灵魂;"有多少人用他们不起眼的人生,演着自己味道鲜活的偶像剧"中的平凡与精彩……这种对比式写法具有卓越的表现力,加之作者能言之有物,故而更加发人深省,引人入胜。

食色,性也。饮食起居的确是日常生活中不可或缺的片段,但这些细小平凡的东西能够引发作者这样的深思熟虑,能从"丝丝缕缕的面条"联系到"烟火日子里人与人之间咬不断的温情",也的确是一种非常值得提倡的生活体验与写作思考。

汽 笛

卢熠蕾

　　汽笛声其实是一个女子，一个既像怒放的鸢尾花，又像翩跹于花间的羽翼斑斓的蝴蝶一样的，倾国倾城，而又至情至性的女子。这是一个游吟诗人告诉我的，当时他坐在酒吧高高的木头椅子上，凝视着昏暗光线下他手中缓慢晃动的玻璃杯里朗姆酒醉人的色泽，然后他仰起头，闭上眼睛倾听海风性感地从酒吧敞开的大门外呼啸而过，他说，你不要不相信。

　　我出神地看着他消瘦而英俊的脸庞，以及他低下头的时候，那搁在杯沿上的胡子拉碴而又线条分明的下巴。他告诉我，汽笛声的生活其实是非常寂寞的。她一生的大部分时间，都在布满灰尘的火车头上度过。她端坐在那里，从日出到日落，然后天空布满垂泪的星斗。大多数时候，她都只能长久而安静地凝望着一望无垠且景色单调的旷野，或者看似怪石嶙峋实则大同小异的，在她两侧快速后退的高山和丘陵。她那一头凌乱的长发迎风招展，像一面猎猎抖动的，已然被风撕扯得面目全非的旗帜；肆虐的风沙每天无数次经过她如同汉白玉雕就的脸庞，她看不见，但也能够猜到自己已经尘满面鬓如霜。汽笛声每天都在忍受着，一个人的旅途上那仿佛无穷无尽的孤独，以及所有的风尘仆仆。可是汽笛声依然是一个倾国倾城的、至情至性的女子，仍旧会在她的生命中一些非常珍稀的时刻里，倾其所有地怒放。那些时刻就是火车到站停靠的时刻，那时汽笛声终于有机会在火车平稳减速驶进站台的时候清晰地看见乡村和城市，看见炊烟以及扬尘，看见人，看见久别重逢的狂喜和催人泪下的离别。对于汽笛声来说，火车在漫长的、风尘仆仆的旅途中的这所有短暂的停靠，就像是许多个从天而降的奇迹一样，依次绽放在她苍白贫瘠的生命当中。在那些时刻，汽笛声被情怀与故事包围着，汽笛声的心里充满了感动。对于汽笛声来说，感动就像是海浪，让绯色的潮水在她的身体里温暖，寂寥，而又澎湃地回荡着，而她在激荡之中感受到自己全部的身心都被一种冲动所湮没：她想要表达，想要吐露。没人知道这种表达的欲望从何而来，游吟诗人们都宁愿相信那是天，可是天没有给汽笛声任何语言，除了她那与生俱来的能够颠倒众生的声音。于是，汽笛声就坐在灰扑扑的火车头上，仰起头，在不再有风沙肆虐的、明净的天空下忘情地闭上眼睛，感受到久违的宁静与自由；然后汽笛声打开了她的喉咙，她至情至性地仰天长啸，让她荡气回肠的声音像一匹洁白的诗笔未落的万米长绢在大风中被抖开，末尾那个清亮的音色就像是一个圆木的小卷轴被抛到了很远很远的地方。刹那间，天地都被笼罩在一个旷古悠远的声音当中，每一个游子和每一对离人，都在这样一个神恩浩荡的瞬间里体味到难言的忧伤与孤独。然后列车隆隆启动，迎面扑来的第一阵风沙带来旧日的记忆，汽笛声知道她又要继续自己那仿佛没有尽头的、单调而艰辛的旅途。没有人知道下一站在哪里，汽笛声没有列车时刻表，即使有，那对汽笛声来说也仅仅是一个个预兆，因为她不会懂得她的命运的统治者们所使用的语言。

　　后来呢。我托着腮问他，仰起头看着他浓密的沾满灰尘的睫毛落在他下眼睑上的阴影。他盯着酒杯微微一笑，慢腾腾地说道，没有后来了。

　　如果有的话，他告诉我，那就是汽笛声会在这一场仿佛没有尽头的、单调而艰辛的旅途中，慢慢变得平静而沧桑，但那只是外表。事实上，随着岁月的流逝，每当火车在又一个站台停靠，汽笛声心里来回翻涌着的情感与声音将更浩大，更深沉；汽笛声至情至性的歌唱将会从一个孤独的女中音，逐渐过渡成为一场盛大而悲怆的交响。锈迹斑斑的音符就像是一场骤雨那样纷纷扬扬地洒落在汽笛声的肩头，而她像往日一样，安静地端坐在布满灰尘的火车头上。可是，当汽笛声从这个制高点居高临下地俯视她周围那所有拥堵在铁皮车门门口的，深陷于悲欢离合中不能自拔的苍生的时候，她的眼里会多出一种温柔的悲悯。那种悲悯原本是只属于神的，然而汽笛声，耶稣还有释迦牟尼让游吟的诗人们相信，神明并不永远高高在上，神明会在某一些时刻像九天之上洒落的星光一样来到我们之中，神明的化身就在我们之中。

那是我十四岁那年发生的事情。十四岁的时候，我们家住在海边，我的父母经营着一家从外祖父那里传下来的，散发着岁月陈旧气息的小酒馆。那天黄昏的时候，漫天绯红的霞光散落在金灿灿的海平面上，他从酒馆敞开的大门外走进来，满身披戴着落日的余晖和风尘仆仆的气息。然后他逆光站住，环视一周，略略打量了一番这家光线昏暗的小酒馆，他蓬乱的头发和消瘦英俊的侧脸都被夕照镀上一层金边。酒馆里寥寥其他几个渔民几乎是沉闷地低着头喝自己的酒，对于他们来说这个仍旧只是一个平淡无奇的黄昏。唯独十四岁的我坐在吧台后面，几乎是灵魂出窍地望着他。然后我就知道，这个黄昏是神明赐予的，一个专属于我的，甜美的秘密。

那天晚上，他给我讲了许许多多动听的故事，汽笛声的故事，以及游吟诗人们的故事。他告诉我，汽笛声的故事其实就是游吟诗人的故事。酒吧打烊的时候，他醉得人事不省。父母一早上乡里进货去了，直到夜深都没有回来。我小心翼翼地把他抱到我的小床上，让他棱角分明而又胡子拉碴的侧脸靠着我海蓝色的柔软干净的棉布枕头。然后我坐在床边的木头椅子上，在黑暗里安静地注视着他，感受到一种疼痛的温柔。后来我睡着了。醒来的时候，窗外照进来的天光刺得我睁不开眼睛。他已经走了。

后来我再也没有看到过一个游吟诗人。

点评：符辉

作者在这篇抒情色彩极为浓厚的散文中，竭力表现出了一种摆脱语言惯性而不断制造惊奇的艺术努力。

文章以痛快的直陈语气写出。第一人称"我"与第三人称"他"之间，用巧妙地转换与架接，构成了这篇短文最大的形式特色，甚至可以作为一种风格化的元素来加以审视。

本文的另一特点是比拟象征手法的运用，文章将一个普通司机与汽笛声、游吟诗人三者融为一体，又把汽笛声想象成一位女子的形貌来加以描绘，形成了极大的想象空间，使所写人物增加了厚重感。

当然，文章也有可再斟酌之处，比如汽笛声、女子与司机以及游吟诗人这些物象之间无论从形象还是精神品格之间，其相似点都略有不足，读之有牵强之感，这是运用托物寄情等象征手法所必须注意的。

爷爷的老屋

钟 琳

下雨的时候，总是适合撬开记忆的锁，整理那些尘封的，散发着岁月的霉味的东西。午夜梦回处就是爷爷的老屋，雨啪啪地叩击着窗，那是雨珠敲打在老屋瓦楞上的声音，那是水滴落在老屋水缸里的声音。

小学毕业，我搬到镇上读书，爷爷留在老屋。爷爷就是不肯到镇里住。我想，老屋是他灵魂栖息的地方。

于是每年的暑假就成了我最期待的时间，就像《萤火之森》里的主人公一样，坐着破破烂烂的公共汽车，爬过坑洼的山路，回到神秘的山村。

1

爷爷的老屋是一个神奇的地方。

老屋比我父亲年纪还要大，主体用的是土砖，鸡圈用黑青的矿石料砌成。前部是一个四四方方的院子。爷爷爱养花，各种花。金色的菊花，嫣红带刺的月季，鲜亮似血的杜鹃，还有喜欢"喝"茶的万年青，开出小小的花的仙人球。檐下是一口水缸，养着抓来的鱼和我从溪里捡来的田螺以及奇怪的石头。

到了晚上，水缸上头吊着的白色夜来香也开了，空气中暗香浮动，游动着星星点点的流萤；偶尔飘来邻家的一两声狗叫，田里欢快的蛙鸣。摇曳的树影投在红漆斑驳的木门上，像从爷爷的老故事里跑出来的妖怪，张牙舞爪，吓得人汗毛根根立起。有时候我会叫爷爷从屋里搬出木梯，爬到天台上去数星星。山里的天空特别纯粹，白天是干干净净的蓝，晚上是干干净净的黑，不像城里的天空，犹如一种黏稠得化不开的墨汁。四肢展开平躺在屋顶上，没有作业，没有争吵，宁静得仿佛睡着。

往里走就是客厅，爷爷信佛，屋里总是弥漫着淡淡的檀香，收音机里一遍一遍放着梵音，再躁动的心情在这空灵、平和的旋律中也会沉淀下来；有时仿佛一阵清风吹去镜上的尘，顿有耳目清明，心灵澄净之感。爷爷经常坐在藤椅上，微闭着眼，享受着。也许只有在经历人生的风起云涌之后，才能如此坐看庭前花开花落吧。他有时也会跟我说一些佛偈，什么"万物皆有轮回，善有善报，恶有恶报"、"人要做善事，积功德"之类，那时对我来说，这就是所谓人生的大道理了。

左边是爷爷的房间。一张床，一方衣柜，一个书桌。书桌上整齐地码着《毛泽东诗集》、《毛泽东文选》、《论持久战》之类的书，共产主义的无神论和宗教信仰在爷爷身上真是一种矛盾的结合。不能忘的，是厅台上似乎永远卧着那只懒懒的猫。

2

突然想到很久以前的事情，那时老屋还不老，爷爷还很年轻。

爷爷家里属于富足的地主家庭。"文革"时期被批，祖上的好几块良田都被没收，房屋给推了。顿时全家由原来的风光体面落到穷困潦倒的地步。粉碎"四人帮"后，爷爷因为识字，读了很多技术方面的书，被调回家乡成了矿厂里的技术师。他就在老屋废墟的地方重修了个屋子，住了下来。再后来矿厂转制，一批工人退休,爷爷因为各种各样的原因也在里面。就这样,他每天和老屋相依为伴,读书、写字,给自己找事做。

这是爷爷讲给我听的,他的语调很平静,仿佛在说着别人的故事。过去的泪和痛都随岁月逐渐淡去,就像老屋,被推倒了又重建,累累伤痕不见,只余满室的安宁和馨香。

3

老照片,爷爷和我。

"1997年7月21日于老屋留念",刚劲的字,一如写字的人。

照片上的我,笑得很开心,缺了个门牙。

爷爷则是一本正经的样子,小时候的我认为,是不想被拍到他也缺了牙。

那年的夏天很热,闷闷的,天空在决定要不要下雨。我推开爷爷房间的门,头顶的老风扇似乎睡着了,吱嘎吱嘎地响,摇摇欲坠。爷爷没有注意到我,他在修一台收音机。

爷爷曾是矿厂里的工人,做的是技术活。退休后邻居有什么单车、电视坏了的,都来找他修。他也不推辞,反正闲着。他做什么都很专心,一干就是几个小时,就像现在这样。电扇没开不知道,汗浸透背心也没感觉。

莫名的烦躁。该死的知了叫个不停。

"老头,电视坏了。"我生气就叫他老头,而且叫得很大声。

他终于回头了,瞅了瞅,发现我和电视机在愤怒地对视。我不看他。

爷爷利落地走过来,用那满是厚茧的大手在电视机后壳拍了拍,好了。"老家伙啦,有时间我瞧瞧里面。"他讨好地朝我笑笑,我看见他缺了的门牙。

我的惊奇已经压过了生气,那真是一双神奇的大手,会修各种各样的东西，能将竹条编成椅子，坏的电视机，拍拍就好了。

其实我和爷爷也不总是在斗气，更多的时候，他会像个小孩儿一样跟我玩。对我来说，老屋是个神奇的地方，所以我经常玩一种"老屋探险"的游戏。我总觉得老屋的某个地方一定藏着爷爷的秘密。

可是我永远没有找到这个秘密，要么只是在一个小角落里发现爸爸小时候的弹珠和木枪，或是在爷爷的抽屉里翻出曾祖母漆木的首饰盒，或是在某一个下午，逮到花猫在偷吃食柜里的鱼。

4

搬了很多次家，升学、父母工作调动。在不同的地方迁徙、漂泊，不知道未来会落在哪一个点上。后来，老屋在一次大雨中塌了。我总是遏制不住地想，也许再也没有像老屋一样的地方，能让人感到安心的存在。这时候，悲伤就像秋天的大水一样漫过心房，让人窒息。

我怀念老屋，我怀念那只懒懒的猫、那朵仙人球的花、那架老旧的风扇……

我在那出生，爷爷在那离世。

我想，爷爷一定回到了老屋。

那里，埋着我的童年，他的一生。

点评：陆海霞

作者追溯往事，回忆与"老屋"相关的人和事，用疏淡的写意笔法，再现了"我"在屋顶上仰望星空、爷爷在藤椅上养神修心和修理黑白电视机等典型场景，还有那些作为回忆的底色的"懒懒的猫"、"仙人球的花"、"老旧的风扇"。画面虽为平常人事、琐碎家常，但寻常之中显崎岖，疏淡之中见真情，既有"我"

对爷爷的爱和怀念，也有物是人非、岁月沧桑的沉重感叹，读来感人至深。

　　文章语言朴实细腻，阅之如沐春风。虽没有华丽的辞藻，却也适时地巧用修辞，如"摇曳的树影投在红漆斑驳的木门上，像从爷爷的老故事里跑出来的妖怪，张牙舞爪，吓得人汗毛根根立起"，简直把老屋古旧阴森的一面写活了。文章细细读来，分明能嗅到其中所散发出的乡村特有的质朴和美丽的味道。

　　文章的不足之处，在于对激发"我"情感波澜的事与物的描写较弱，这种情感的波澜可能终生难以平息，也就可供读者反复回味。

转身，独留灶台

黄 康

我觉得灶台就像一个很沉默的孩子，躲在角落，用无比眷恋的眼神看着我们。而它的命运应该终会像老北京的城墙一样，渐行渐远，缓缓向属于它自己的墓碑走去。

日子是粗犷的，而我的心情是旖旎的。稳坐在车上，漫无目的地扫过窗外的风景。落日是一杯酒，黄昏在醉意里，把它慢慢饮下。回家的路，再熟悉不过，几乎每一处风景都了然于心，以至于在路上忘记了所谓的目的地。只是每次驶过殡仪馆时会转过脸，眼底一片湿意。有些事情被掩埋了太久就会化为敏感的疤痕，虽然是疤痕却禁不住再三地去触碰，比如爷爷的老去，横亘在我的心头，尽管我一直逃避，但依旧挥之不去。

爷爷是在做完酒之后，毫无遗憾地老去的。

那年冬天，他总说该为我们这些孙辈做些什么。然后就决定为我们每人都做两坛黄酒，说到时候孙媳妇坐月子，用自家酿的酒才好。那时我还小，但我也知道这是件庞大的工程，起码对爷爷来说。因为家里有七个小辈，所以当时用了两口大缸来盛放发酵的糯米。具体的过程已不记得了，反正两口缸在通风的地方放了许久，然后有一天，爷爷那的灶台就热闹开了。

那天放学，我循着酒香走进厨房，雾气氤氲，只是大致看见奶奶不停地往灶口送柴火，而爷爷守着锅上的几个木制的器具，很是专注。再然后就听爸妈说，爷爷和奶奶守着灶台两天，终于完成了那项庞大的工程。我很高兴地跑过去，看着爷爷用瓢，把温润的液体舀进一罐罐已失去光泽、看不出原来面目的泥坛子里，然后用什么和着土，封好了坛口。一切动作都是慢慢的，只有那双厚重得像老树皮样的手，不停地在空中翻动，偶尔累了，才放下瓢，倚着灶台歇息一会儿。

冬日里的暖阳，在斑驳的土墙上剪出一角温暖的空间，经过岁月砥砺的灰泥灶台以及台边那个斜倚的老人，被阳光涂抹成了一幅油画，底色是昏暗的，没有浪漫和耀眼的光彩，那个老人仿佛是在远古与现代文明交错中存留下的一个甜蜜回忆。

听妈妈说，那十几坛酒已经陈了七八年，等我结婚时，一定是馥郁醇香的了。我不知道，到那时我会是什么心情饮下这酒，暗黄到透红的碗中酒，应如爷爷的心血。

还有，那贴着红色灶君的灶台，而今已剥落不堪，还有谁能忆起有关于彼及彼的过往？

所以，每逢重阳，我会仰望天空，歇斯底里地呐喊，却没有半点回音。悲伤不曾这样铺天盖地。

啊，爷爷，

你转身，从繁华俗世中抽身而去，独留灶台、酒暖与回忆。

点评：娄赛赛

在一个有着暖阳的冬日，爷爷决定为家里七个小辈每人做两坛酒，说等结婚时喝一定浓郁芳香。于是雾气氤氲中爷爷奶奶用七口大缸开始了这个浩大的工程。陈旧的瓢和坛子，年迈的爷爷奶奶一勺勺舀进温润的液体和自己浓浓的爱。做完酒之后爷爷毫无遗憾地老去了。冬日温暖，土墙斑驳，岁月砥砺。很多年之后的今天，作者看到这个陈旧的灶台和土墙，往事一幕幕荡到脑海中。想到很多年之后喝到那充满了历史的馥郁醇香的十几坛酒，爷爷的慈爱使作者备受感动。文章首尾呼应，"转身，独留灶台"令人回味不已。

在这个繁忙喧嚣的都市，亲人无私的关爱成为我们心中最柔软的地方。每逢重阳，作者的悲伤铺天盖地，这使我们想到古代名句：有花堪折直须折，莫待无花空折枝。老吾老以及人之老，读罢作者充满真情实意的文字，我们更是备受感动。关爱身边的老人吧，以真情回馈真情！

日和·樱花物语

陈镜宇

樱花不过七日寿终正寝，轰轰烈烈生，从从容容死。

下一站，天气晴。

周末，意料之外的晴好天气，用个略文艺的说法，今日"花见日和"——真是个赏花的好天气啊。

据说玉渊潭的樱花开了，成簇地盛放，无法想象，却也因此格外地撩动心弦。在公交站牌前比画了两下，便毅然决然地出发了。——年轻人风风火火的草率，心总是不安分的，不分远近地放逐游走。

出发，我想要怒放的生命。一直觉得最动人的两个字是"放逐"，明明割不断和周遭人事的关系却装得像那么回事儿，装模作样地给自个儿安个旷达的先行者的身份，欣欣然烂醉在其中，骗过自己，摇手起舞，跣足狂奔，那些试图超脱试图颠覆的瞬间里，我们许是确乎最接近自由的。

题外话了。

江南婉约的小桥流水还是给我豪放的个性点缀了柔软，骨子里仍然喜欢一些温情的东西，人也好，物也好，温吞水般偶尔会冒泡，那就是我向往的生活。比如街边路过的拥有茶色玻璃的房屋，比如单车上微微扬起的白衬衫，比如不经意间嘴角勾起的清新的小弧度，比如每年四月如期而至的樱花。

没有想象中的人头攒动，不过是入了园便望见秃秃的树，偶有细绒的花苞，自然也没有踩在脚下的纷纷落英。——人们总是赶着时间，哪个花季看哪树花，半点时间提前不得。

倒是说不上失望，这种日子本来就是恩赐，说些闲语，信步湖边，被白云洗过的蓝天，阳光打过树的剪影，似乎都能轻易地给人惊喜。

转过小山脚，却是，一排粉白。原来，还是有樱花能抵抗凛冽，傲然枝头。树下黑压压的一片，各色相机甚至单反，各种令我惊叹的角度。不知怎么就想起一句不太搭边的话："我挨得住多大的诋毁，就经得起多大的赞美。"樱花和人，都需要强大的内心。

我只是远远的，不走近，唯恐扰了谁的心神。

樱花，蔷薇科。吾爱。

幼时看过好多动漫，听过好多声优，虽然有些女声轻声细语，但这个语种我总觉得终是过于干脆强势了些。然而，"樱"的发音却很缠绵温柔，我爱极了"SAKURA"在唇间辗转的感觉，给我一种无从言说的感动和安宁。

我爱她花瓣上细小的茸毛和背部齿状的纹路，如远古游民的结绳交缠在记忆深处；我爱她肆无忌惮地盛放，她过于明艳的笑颜惊艳了逝去的旧时光；我爱她七日的守护，不哭不闹不悲伤，在春日的街头留下淡雅的静默身影；我爱她秒速五厘米的下落，如最盛大的蔷薇雨；我爱她义无反顾地死去，正如被放慢的烟火温柔地绽放。

花期已过，仍有猛虎细嗅。这一季我们是多么幸福，拥有樱花盛开的好天气。

脑海里总会浮现这样一个画面：一只目光柔和的白猫微仰起头，透过樱花绰绰约约的满树姿态，仰望天空，在想什么，或仅仅是发呆。

这样一个场景，在我心中定格，成永恒。莞尔，不禁幻想这样一次美丽的邂逅。

樱之夭夭，灼灼其华。偶尔沉浮的安静向往，是绚烂至极而甘于消逝的樱花物语。风中的尘埃带来她的欢笑，带来她欣然赴死的决绝。

然而，如此壮烈的樱花，最后告诉我的，却是平淡与无凭。那四月风和日丽的季节，是最寻常不过的日子；那驻足仰望的人，是心怀感恩念想，未曾拥有最虔诚的信仰的众生；那次次无可避免的盛放凋零是如月圆月缺般规律的生命轨迹——不过是欣然地死去，然后安静地等待再一次的回归。

平淡，是生活最真实的名字。记忆有繁复，往事有缺口，人生可能是场多幕剧。经过种种的难，走过漫漫的路，才分得清什么是现实，什么是虚幻。

平淡，是能和身边的人相守，绝不悲伤地一个人到达。

平淡。

像樱花那样。

点评：陆海霞

作者开篇的"轰轰烈烈生，从从容容死"，以及篇末的"平淡。像樱花那样"，将文章笼罩在体悟平淡从容的主题之下。相比之下，以往写樱花的文人，要么从美而易落的樱花里发出人生短促的凄凉感喟，要么从浓艳怒放的樱花中联想到生命的壮烈，而作者大有反其道而行之的意味，道出自己独特的体验："然而，如此壮烈的樱花，最后告诉我的，却是平淡、与无凭。"

作者善于发现主客观世界之间密切的联系，以融情于物、借物抒情的艺术手法，把自己的感受和情绪隐藏在具体的意象背后，避开了激越的呐喊和纵情的放歌，专注于平淡如实的诉说，并将深情融入其中，使行文中流动着沁人心脾的艺术美感，构成了清澈澄明的诗境。

  这篇散文还可称为"语言的图画":"花瓣上细小的茸毛和背部齿状的纹路,如远古游民的结绳交缠在记忆深处","秒速五厘米的下落,如最盛大的蔷薇雨",几句简洁、准确的描写便赋予了静态的樱花以跃动的生机。

花落的声音

陈镜宇

宿舍养了玫瑰，没过多少天，就在夜深人静的时候，听到了花落的声音。起先是试探性的一声"啪"，像一滴雨打在桌面，紧接着，纷至沓来的"啪啪"声中，无数中弹的蝴蝶纷纷从高空跌落下去。

那一刻的夜真静啊，静得听自己的呼吸犹如倾听涨落的潮汐，整个人都被花落的声音吊在半空，竖着耳朵，听得心里一惊一惊的。

早起，满桌落花静卧，安然恬静，让人怎么也无法相信，它曾经历了那样一个惊心动魄的夜晚。

玫瑰花瓣即使落了，仍是活鲜鲜的，依然有一种脂的质感，缎的光泽和温暖。我根本不相信这是花的尸体，总不愿收。看着它们脱离枝头的拥挤，自由舒展地躺在那里，似乎比簇拥在枝头，更有一种遗世独立的美丽。

这个世界，似乎每天都能听到花落的声音。

像樱、桃、梨花这样轻柔飘逸的花，我从不将它们的掉落看作是一种死亡。它们只是在风的轻唤声中，觉悟到自己曾经是有翅膀的天使，便试着挣脱枝头，试着飞，轻轻地飞来飞去……

有一种花是令我害怕的。不问青红皂白，没有任何预兆，在猝不及防间，整朵整朵任性地、鲁莽地、不负责任地、骨碌碌地滑下来，真让人心惊肉跳。曾养过一瓶茶花，就是这样触目惊心地死去。我大骇，从此怕了茶花，怕它的极端与刚烈。

只有乡野那种小雏菊，开得不事张扬，谢得也含蓄无声。它的凋零不是风暴，说来就来，而是依然安静、温暖地依偎在花托上，一点点地消瘦，一点点地憔悴，然后不露痕迹地在冬的萧瑟里，和整个季节一起老去。

点评：付琼

本文写花落，其美不逊于花开。花落的声音、花落的形态、花落的不同姿态，在三言两语中信笔书来。读者识其字句，如闻其花香，观其花谢，悟其花语，达到情感的共鸣与心的共振。

文句行云流水、玲珑有致，带来的是诗一般的清澈美感，不失为一种充满氧气的阅读。"起先是试探性的一声'啪'，像一滴雨打在桌面，紧接着，纷至沓来的'啪啪'声中，无数中弹的蝴蝶纷纷从高空跌落下去。"巧用比喻、摹状等修辞手法赋予花落的场面图画般的生机。同时，在意象描写时，作者巧妙地将自己的主观感情和情绪融于其中，达到情与景的交融，"有一种花是令我害怕的。不问青红皂白，没有任何预兆，在猝不及防间，整朵整朵任性地、鲁莽地、不负责任地、骨碌碌地滑下来，真让人心惊肉跳。"以我观物，故落花皆着我之色彩。

夜半·池畔

苏逸冰

　　不曾想过会在夜半停驻于"一勺池"的池畔。

　　夜半的一勺池是可怖的。黑暗而沉默的树林、狰狞而古怪的石群，环着为数甚少却依旧透着一股子冷沁的池水。那种让人骨子里不由瑟瑟的氛围，往日里总使得我竭力加快脚步。但在这样一个终于完成论文的夜晚，我却不急着回寝室，而是想找个地方，把压了一月有余的胸中杂气吐一吐。

　　池子见不到多少光亮。没有星光无妨，但就是月光对于这个处在树木环绕下的池塘，都是一份难得的奢侈。只有在前半夜，当路灯的昏黄还能有些许透过树林的埋伏，亲吻到池水冷硬的面庞时，池子那僵硬的表情才能有微微的松动。不是羞红，但也俏丽生动。

　　这里不会产生荷塘夜色的奇美。没有芙蓉天然，没有明月牵袖，更重要的是被俗世威逼着忙忙碌碌的人早已失了那份诗人的心境，那种寻找城市罅隙中美丽一隅的心境。

　　即便白日里的一勺池有一份显而易见的光影绰约之美，经过这里的人，也往往是低着头，自顾自地脚下飞快。于是拥抱秋日中池畔色彩的机会便只属于来这里的游客、老人和情侣们了，大部分园子的住户，却是没了这份福气。或许也是由于缺少欣赏人，萦绕着这个偶尔干涸的"小"池子的，更多的还是含着讽刺和调笑的自嘲。或许只有当心怀朋友的人，为远方的亲友寄上印有人大风光的明信片时，才会突然发现原来一勺池竟是这副模样。

他们中或许更加没有人，会知道夜半时分一勺池的样子了。在太阳无情却毅然地夺走一勺池的光影绰约之后，慢慢熄灭的路灯也留恋而不舍地与池水吻别。只有到了夜半，真正的夜色才能如同曾经无数个夜晚那般，走到一勺池的身边。一瞬间，前一秒还有几分暖意的石群，顿时成了冷愣愣的鬼魅。池水也卸下了白日里一直挂在嘴边的笑意，用带着冷意的眸子，看向一个个自习晚了，摸黑回寝的学生。

此时的池水，早已蜕去了白日的天真烂漫，更似一个饱经风霜之后，用冷眼打量着世事的妖。偶尔有风吹过，也撩不起池水的半分情绪，只有那互相拍击的树叶，发出沙沙的声响，让经过的学生们不由一惊，小心翼翼地打量四周后，便更加竭力地加快脚步。

我也随着这群学生一起回到了寝室，却禁不住地在进门前，向着陪了我好些时候的一勺池望去。却又仿佛看到那池妖转身看我，冷讽"愚哉世人，明明妖，而以为美"。

点评：董丝雨

本文选取了夜晚的"一勺池"作为描写对象。这样的散文读起来虽然"毛骨悚然"，却别有一番风趣，结尾处池妖的调侃"愚哉世人，明明妖，而以为美"不仅使全文充满了谐趣，更透露了事物皆有两面的道理。

在文章中，一勺池不是单纯被描写的客观对象，而是有了主观意识，在作者打量它的同时，它也在观察着作者。可以说，作者和被描绘的客观事物有着相等的位置。这样的写法打破了传统写法，可以使读者更好地身临其境。同时，作者的用词也十分考究，比如"在太阳无情却毅然地夺走一勺池的光影绰约之后，慢慢熄灭的路灯也留恋而不舍地与池水吻别"一句，运用拟人的修辞，将简单的场景描写得十分灵动。

晨光沐浴

苏逸冰

有人说，你若错过了晨光，便是错过了一天中最美的时刻。

在无数次早起，却又瞬间瘫软到作业的海洋里后，我还是下定决心，放开那些永远做不完的作业，走上街头，去寻觅一份晨光沐浴。

这倒不是因为我不曾亲历这种魅力，事实上，作为一个摄影爱好者，我熟悉这种美好的每一个角度。无论是在我的家乡，在那个以"水乡"陶醉中国的地方，对着摇出漫天霞光的船橹呆看，还是在不夜城纽约，对着永远泛白的天空摇头……当我拿起相机，穿越城市的间隙，去捕捉这些城市瞬间绽放的美丽时，晨光沐浴之于我，便已有了更深的含义。它是我在每一个陌生之地，最好的旅伴，只需一瞬间，就可以将时间与空间加诸在我身上的清冷，扫得干干净净。

或许正是这份晨光给予的归属感，让我期待在这个即将陪伴我四年的城市，看到晨光吧！

黑夜之于北京是无力的。它或许可以偷走这个文化大都市白天里的深沉和厚重，但却扛不住那些现代元素的攻击。无数条沟通大洋的光缆，早就使得时间成为一个钟表上的概念。为了和大洋彼岸的时间同步，这座城市，在放弃了一部分文化、一部分传统之后，又放弃了一部分人的睡眠。

直到早晨五点，随着大洋彼岸的人下班回家，一些外企的写字楼才放弃挣扎，让黑暗笼罩自己。这一刻，整条大街上，便只有那些 24 小时营业的小铺子点缀着这冬日里暗沉沉的早晨了。

北京的早晨，一般很少能听到鸟鸣，更多的是一辆辆早餐车，带给这个街头，声音的点缀。那车轮摩擦地面，发出嘶嘶的声音，倒也有几分深山里，风刮过树叶的感觉。透着一股子冷冷的幽静。

终于，这嘶嘶的声音，催得天空发生了变化。不同于南方太阳一瞬间点燃天空的热烈，北方的太阳是一个温温吞吞的存在，你且看着它将那昏昏迷迷的天空，烤出一份蓝色，一份空透，奈何就看不到一丝半丝，冬日初晨的阳光。

直到天全都亮透了，这懒散的东西，才挪着身体，往天上一个劲地蹭。透过街边光秃秃的白桦树干，你只会觉得这童趣十足的太阳，一瞬间有了份属于历史古城的温吞和厚重。

这是北京街头的早晨。在车流正式唤醒这个城市之前，你可以沐浴在晨光里，发现一些在繁忙的罅隙里，透出来的趣味的流光。

点评：董丝雨

本文是一篇适合在闲适的时候翻出来读一读的小品文，清晨是一个城市最真实的一面。无论是自然中温温吞吞的太阳，还是人世间温温热热的早餐车，清晨的一切会让人的一天幸福起来。清晨是一天忙碌的开始，也是忙碌前最悠闲的时候，作者能够抓住这一时刻，充分显示出其对于生活敏锐的洞察力。作者经历过很多地方的清晨，清晨几乎成了其最忠实的伴侣，在异国他乡给予其温暖和踏实。作者的语言也灵动十足，比如"直到那天全都亮透了，这懒散的东西，才挪着身体，往天上一个劲地蹭。透过街边光秃秃的白桦树干，你只会觉得这童趣十足的太阳，一瞬间有了份属于历史古城的温吞和厚重"一段，寥寥几笔，就勾勒出了京城特有的清晨，十分形象生动。但是，本文对于人生的思考似乎有些欠缺，使得整个文章读起来有单薄之感。

游玉渊潭

徐迎童

听闻玉渊潭的樱花煞是有名，心向往之。四月底，借着春假的好时候，去了趟玉渊潭，盼着能见识那一朵朵摇曳的娇颜，一树树绽放的生命，一片片撩人的粉红。也许去的不是时候，多少是失望了——阳光虽是和煦，较弱的花儿们仍是抵不住初春的寒意，迟迟不肯展现笑颜，只是半开着，仿如深闺少女在心上人面前的半面含羞，惹得游客们爱也不是，怨也不是。反倒是边上的几棵连翘开得正烂漫，纯真无邪，像邻家可爱的姑娘，不由得让人慨叹"连翘空巧笑，无处问樱红"。

领略不了这倾城颜色，倒也不能扫了春日出游的兴致，且到处走走，享受这金黄阳光下的美妙风景——瓦蓝瓦蓝的天空下，洁白的云朵悠然自在地飘着，倒映在清清凌凌的水面，摇摇晃晃，如梦似幻。公园对面的中央电视塔兀自逍遥，怡然躺在微泛涟漪的湖面，反倒让棉花糖般的云朵们做了陪衬。

路边的小花沿途开着，盈盈浅笑，虽不若樱花高贵，亦不似连翘热闹，倒也别有一番韵味，引得游客们驻足弯腰，细细端详。这才发现花儿们每一朵都娇巧得惹人怜爱，精致的脸庞又有几分淡然、静谧和安详，她们就这样痴痴地望着游客笑着，并不言语，让人怀疑这小小的花儿是不是在嘲笑我们这群穿梭在繁华城市"戚戚于贫贱，汲汲于富贵"而逐渐丧失自我的人。

起身前行，望着涌动的人潮，蓦然失落——在日复一日的单调生活中，我们是否被这钢筋水泥构筑的华丽笼子禁锢，心无处安放，只能在融融春光里寻觅丝丝温暖和安宁？而这祥和的公园，这花，这树，这水，这塔，是否承载得了这些许怅惘、迷茫和浮躁？

信步走着，却见一棵大树上站着几个意气风发的少年，摆出酷酷的姿势，要和这名为"玉树临风"的大树一较高下，全然不理会周围惊异的目光，年轻的万丈光芒，足以照亮旁人阴郁的心情。见着此情此景，我忍不住笑了，是我杞人忧天了，毕竟，年轻没有什么不可以，年轻的心、伟大的梦想怎么是繁华浮躁可以掩盖的？正值青春年少，何苦学着老者们语重心长地感慨这世界黑暗、这社会浮华、这人心薄凉？年轻是我们最好的资本，为何不像春天般盛开，随心随性，过我们想过的生活？

阳光轻轻拍打在肩头，温暖惬意；微风柔柔抚摸过脸颊，祥和舒适；水波脉脉流淌入心间，清凉静谧。春天，依旧是个极好的时节。

点评：符辉

作者不事雕琢，记实在之景，写性情之文，如淡彩轻描，别有一番韵味。

作者行文看似信笔写就、毫不经意，但细细品味，便会发觉一板一眼、整整有法。"听闻玉渊潭的樱花煞是有名，心向往之。"这是开宗明其义。"春天，依旧是个极好的时节。"这是卒章显志。"领略不了这倾城颜色，倒也不能扫了春日出游的兴致，且到处走走，享受这金黄阳光下的美妙风景"，这是"起"。"路边的小花沿途开着"，这是"承"。"起身前行，望着涌动的人潮，蓦然失落"，这是"转"。"阳光轻轻拍打在肩头"，这是"合"。全文随意之中处处留意，无法之中步步有法，俨然一篇老辣沉稳之文。

其实，生活在北京这个"毫无特色、人情冷漠"的移民城市，作者依然能保有一份赏玩风景的心情、保持一种真情体悟的雅趣，是相当难得的。在作者笔下，在陌生而疏离的芸芸大众面前，又何妨忘形一次，摘掉面具，放下矜持，褪去羞涩，投入自然的怀抱、放眼广阔的天地！"体道鱼游追活泼，消闲墨舞写天真。"生活贵在简单，自我贵在真实，感情贵在自然！用"文如其人"的观点来评价作者，当是再贴切不过的了。

此外，文章用语上还有一个特色，就是词汇的运用，比如"瓦蓝瓦蓝"、"清清凌凌"、"水波脉脉"、"微风柔柔"等都为描景写情添了色味。

总之本文是一篇细腻真挚的游记文字，唯字数惜少，如自斟自酌，未能尽兴。

听雨·洗心·看尘世

吕 源

夏天的雨,就像这个季节,是那么热烈。陡然间风狂雨骤,雨水就这么痛快地洒下来了,虽不说有倾盆之大,也可说如瓢泼一般。

趁着这尽兴的雨,何妨出于俗世一会儿,放任自己,在心灵的世界畅游片刻,听听夏雨的灵,洗洗心内的尘。

撑一把伞,找一处闲静的地,倚看石桥,闲听夏雨。

所谓"山色空蒙雨亦奇",其实这景色也未必只有西子湖畔看得到。这雨中的绿叶,一派的都如烟笼一般。远远看去,仿若这湖畔浣洗的江南女子。

自古水树相傍。养育出这一片柔美的,一定有那一汪碧水。雨水斜斜地飘进湖面,点出片片白烁的光。

这雨就这么滴滴答答地打在叶子上,簌簌的,又那样随意地跃进湖里,发出沙沙的快意声响。听着这静静的声音,仿佛心也无限扩大。

侧耳细听。这雨中仿佛还夹杂着什么。循声而去,找到了一群在水榭中唱歌的躲雨之人。

所谓水榭,便是依偎在水边的廊子。廊顶有檐,廊外还有一个无顶的台,就在水上。

雨水打在廊顶,顺檐而下,滴在廊外的台上,那哗啦啦的声音混杂着廊中人们痛快的小调和二胡婉约的声音，真真有舞榭歌台的效果。而且，这些性情中人心中的风流却未被雨打风吹去，反倒愈发显得放达可爱。性灵之人的张扬和快乐，在这里，酣畅淋漓。

再往前走去，一处八角亭，里面驻满了避雨的人们，有的带着小孩儿。大人们在这疏疏密密的雨声中交谈着，小小的声音却透过外面的雨幕，渗出温暖。孩子则更是玩到了一起，冲进雨里，跑着，跳着，踩着积水。那嬉闹的声音划破阴雨缠绵的宁静，喧闹着执拗地透出希望的朝气。认识不认识的人们，在这个亭子里，在此刻，都是一家人。

不同于前面水榭中北方一般自在随性的大气象，这是一种江南暖玉般温暖内敛的小幸福。但是这两者，都让我的心灵震撼。震撼于前者的心灵如天空般自由宽广，也震撼于后者的生活如暖炉般细腻温情。

也许这就是我们的尘世。尘世里，有纵情，也有内敛。但是却都能让人觉得温暖。

冷眼旁观这个尘世，我的心也随之被渐渐洗涤。无论是那般大开大合的痛快宣泄，还是那般点点滴滴的细碎幸福，我的心都找到了契合的地方。随着雨水滴在伞上的声音，我仿佛听到了自己内心爽朗的笑声。

雨渐渐小了，是该回去的时候了。该入世了。

有时候出世和入世只是一墙之隔而已。出了这园子的墙，就回到了俗世，不能再任由自己把心无限放大，沉浸其中了。还好，在内心深处，永远有这么一个属于心灵的地方，可以任思绪驾驭其上，信马由缰。

点评：王芳丽

作者以平淡而纯洁的心灵描写了夏天暴雨来临时，自己的内心体验。这大雨倾盆,也似打在作者心上,洗净凡尘。这世界上只剩下雨和雨的声音,感官世界模糊了,而心却愈加清明。作者描写的雨十分具有立体感,既描写了雨的形态,先是瓢泼一般,后又如烟如雾,具有动感;还描写了雨的声音,运用了许多拟声词,使文章显得生动可爱。

文章还善用比喻,把渐渐变小的雨比作温柔的江南女子,赋予雨以人的动作和感情,最后通过雨写到躲雨的人。作者对躲雨的人的描写用了较大的篇幅,这种描写十分细腻,通过细节展示了雨中嬉闹的孩童和淳朴的人们在雨中互帮互助的场景,令人感到温暖的幸福感在蔓延。

犹感不足的是全篇的主旨不够集中,"洗心"的"洗"不够到位,所以题目也似乎显得空大了些。

听雨·洗心·看尘世

北岳游记

韩东升

（癸巳春，余与同乡人徐浩之三晋，得观北岳，乃作文以记之）

古之谓"四岳"者，四方之守也。四方者，东在齐鲁，北居三晋，南处荆楚，西位三秦。四岳之地有山在焉，曰"岱，恒，衡，华"，各得其势，皆雄奇。后乃以"四岳"名之，至汉，尊嵩山，乃更为"五岳"，五岳者，谓之"岱，恒，嵩，衡，华"也。癸巳春，余自岱岳返，还京，停数日，乃复西行，之三晋，得观北岳。

驱车可百里，及见群山环绕，始知至。既出，远观其山，则皆绝壁，色灰白，几无树，细视之始觉有字刻于壁，曰"壮观"。"壮观"者，谓山耶？谓寺耶？寺曰"悬空"，盖因其附壁而建，视之则悬于绝壁，势若凌空。及至壁下，得一道，上可之寺。虽然，来游者甚众，几盈道，久之，方临寺。其为寺也，镂壁为堂，凿石成径。其径曲且窄，斗折蛇行，循行之，得观寺之大略。

及出，已日中，乃复驱车，绕山数匝，至于山腰，始徒步而上。未几，得一庙，奉乃"真武大帝"也。"真武大帝"者，或曰四瑞兽之玄武也。玄武居北，故北岳尊之。

沿道上，过"虎风口"，至"果老岭"。古仙人张果老尝隐于此，因名之。复前行，乃"鳄鱼石"，盖上古有鳄居此，常为祸，玄武除之,散其魄,其躯化而为石。虽然,余观其形,甚不似也。循道复上,得一井,名曰"苦甜"。其井有二,相去数尺,饮其水,则其一苦,其一甘,故曰"苦甜"。

复行百丈,过庙者二三,之"琴棋台",台上有亭,行者皆于此憩焉。台得山之势,俯则尽收三晋之秀,仰可望岳顶之奇。余于此台,环视则群山绵亘千里,幽然而不绝;绝壁兀立,状若斧劈刀砍,松林苍翠,其间或云雾蒸腾,蔚然壮观。偶可得观苍鹰击于空,倏忽而逝,乃不复见。

余观其顶,度须臾之可至,乃借道而上。不然,行可百步,有道复见,乃始觉道之绵延,盖于下不可视之矣。复强行,其间数憩,神疲力乏而后登临其极。其峰曰"天峰岭",环视皆无可匹者,群山匍匐,万壑沉寂,三晋在握,日月可摘。其势也险,控天下要冲,或曰:"韩、赵皆因山势而国立。"是耶?非耶?

既得观,乃返"琴棋台",择别道而下。乘缆车,得近观苍松盈沟壑,绝壁侍左右。既出,已暮,乃返。

点评:张凡

这篇游记用文言写成,在文言已经离我们渐远的时代,无疑是一种非常可贵的尝试。而在这种尝试中,作者也表现出了较高的古文书写与遣词造句能力。文中多处语句的拿捏十分到位,用词也准确鲜活,尤其是动词的使用非常有意思,生动形象,收到了文言简约典雅的效果。

我们都知道文言不容易读,不过这篇文章虽然用文言写成,却并不生涩难懂,相反,文章倒是很有趣味,引领读者跟随作者的脚步去探访山水,不会因为古典的语言形式而对文意产生影响。

整篇文章写得比较流畅,作者所观之景也都能较好地表现出来,其中几处对地名的解说也使文章内容丰富不少。

如果抛开文言的形式,只就这篇文章的内容而言,还是一篇比较简单的游记，在内容的深度方面略有欠缺。想想中学课本中曾读过的《石钟山记》、《游褒禅山记》等文就不难理解了。不过对于初学者能以文言写成此文，已属难能可贵。

秦御道记

韩东升

　　昔者始皇之封禅于泰山，盖依山之东而上，其道曰秦御道。癸巳之春，余自岱岳顶而下，借道山之东，乃得见秦御道。

　　余于玉皇顶始行，至于后石坞。视其山，则松林苍翠，蓊蓊郁郁，树影斑驳，因风而动。是时，道之残破不可行，然视之犹可辨，后人置石阶于其旁，复得行。沿石阶而下，有桃树盈道。方是时，桃花之无可观者皆于山脚，而此地犹盛，白居易诗意"人间四月芳菲尽，山寺桃花始盛开。"得之矣。

　　沿道行百余步，至石河。石河者，盖乱石也，始自岱顶而下，浩浩荡荡，百丈而不绝，远观则粼粼然如瀑布之悬山而奔下，近视则见其乱石峥嵘，虽历千世风雨，犹棱角分明。有峰千仞，不得其势，临渊百丈，不觉其险。

　　复前行，乃得一岔口，道可三，踟而望之，不得其路。盖余之于红门而上，游者甚众，环视而所以明道者不绝，则不然，鲜有游者，其道亦未明。少顷，俯而视地，乃复得其路。

　　复行，所下台阶者数百，乃见有石碑刻曰"天烛峰"。当是时，余度向者所疾行，不得见天烛全貌而已入其峰，悔之甚矣。然东向而望焉，竟得一峰，拔地而起，直指霄汉，其形甚似烛，于是余始知所以谓天烛者，盖因其形似烛而直指天也。

　　循石阶而下，则举路愈遥且折，石阶尚可见，秦之御道不可复见也。盖余行至泰山之腰,顾望则玉皇顶犹可见,俯观乃百丈深壑。空谷哮风,绝壁挂松,声不可尽得于耳,景不可尽收于目。乃稍憩,观之而去。

　　借道天烛而下,道曲,直行则步难以十数。趋于谷底,有碑,刻曰:"天烛灵龟"。余于碑处南向望,得见一山之脊,其形果甚似龟,背负苍穹,欲越山观海。所以曰"灵"者,盖因龟者集天地之灵,寿可千年,抑或为美其名乃曰灵龟耶?余之叹也,非独赞其形夺天地之造化,亦叹其立碑之所在。余尝沿道返,未得五十步,复视之,已不得其形,乃复前行百步有余,视之亦不可得矣,盖于碑而南向望,则山势交替,苍林隐其形不似者,灵龟乃现,故曰:"此碑得其所也。"若夫无碑,去而不见灵龟者,亦多如余也。

　　循道下,则风骤起,击林叶,闻之,似有虎狼追于后,环视而不可见。至谷底,碑之可见者有三,近者刻曰:"风魔峪"。所谓"风"者,盖因此地山深而谷险,常有风起。谓"魔"者,喻风之怪也,因地势,借山林,风起则空谷传响,东西兼南北,四向皆可闻,不可语也。或闻之,曰:"谷中风善变也,初似婴啼,渐强,则为虎啸,倏忽偃而不闻,顷之则音似雷霆,强弱互现,动静常替,未可穷也。"虽然,余于碑前,未尝闻之也,盖不得其时耶?抑或向时得闻风之击林叶者是耶?余亦未明也。前行可数十步,复得二碑,一刻曰"天工开物",旁者刻曰"大天烛"。岱岳之天烛有二,向之所过者谓之"天烛峰",因其峰形似烛;今之所视者,山之形似烛也,不可语之"峰",乃名之曰"大天烛"。有奇松覆其顶,裸其背,视之巍峨壮观,气象巍然。碑之刻曰"天工开物"者,在"大天烛"碑之旁。于此碑东南向,有山名曰"小泰山",山势陡峭而多奇石,其石形或似人,或似物,若夺天工之造化,因名之。

　　行约百余步,至响水河。余环视之,有河,然其水不可见,而水声不绝于耳，因立而听之，乃去。

绕山而行，须臾，则至"山呼门"。门上有阁，谓之"望天"。昔者始皇封禅，尝登临此阁，群臣百官立于下而呼"万岁"，如是者三，因谓之"三呼"，而后世谬其传，乃曰"山呼"。

复行，则道甚远，斗折蛇行，缠山而下。可二三里，至于"龙脊"。"龙脊"者，盖山之脊而无林处，风雕雨琢，已历万载。望之，似龙之脊，气壮恢宏，康熙谓之"泰山龙脉者"是也。余亦奇之，乃置影于其上，记之而去。

自"龙脊"而下，复行二三里，有断碑仆地，刻曰"好汉坡"。盖此地至龙脊，路遥且险，登之益难，乃有此名。

既过，趋于山脚，所视之景如常，而其险亦不复如前，复行可二里，乃出。

老子云："大象无形，大音希声。"今者得见御道之胜景，乃知其"大美难言"，文词简陋，而古道奇观不可尽语。虽然，余之游秦御道也，自岱顶而下，及出，唯余一人。古道之旷，而游者甚寡，几不可见，何哉？岂世人之无欲于此胜景耶？实乃世人之逐名与利也。余自红门而上，经中天门及南天门，则游者盈道，不可胜数。至于天街，则商铺林立，竟不觉已至山之顶。古之帝王若汉之光武，唐之高宗、玄宗，宋之真宗者，以其国之强盛，皆行此道登岱岳以封禅，其国亦久，故此道名盛。后人亦以之为王道，以为"祥"，欲复行其道，得其祥瑞，故借其道而游者甚众。此非世人之逐名与利耶？夫秦二世而亡，世皆以其道为亡道，以为"不详"，祸及其道，则游者愈少。此道之过也哉？非也。诚不知国之先治，乃有封，今者多反其道而行，竟欲以有封而求有功，无乃颠倒本末欤？惑矣！古道之胜景不复知于世也。

点评：张凡

这篇文章用文言写成，洋洋洒洒千余字，读来让人感觉一气呵成，可见作者文言功底非常扎实。

　　作为一篇游记来说，这篇文章的思路非常清晰，作者根据自己游览的先后顺序安排文章，但是并没有沦为简单的流水账，文中多处描写充满了趣味性，可读性很强。除此之外，文章的内容也很丰富，对于自己所见之景，不仅有对其外形的描述，还有对其周围环境、得名原因等的介绍，使得文章内容比较丰满。并且，作者在描述景物时，不仅着眼于全貌，还有很多细节性的描写，呈现给读者一个丰富多彩的立体空间。

　　在语言方面，作者对文言的拿捏很到位，文章写得非常流畅，而且经常有很多让人眼前一亮的表述。比如文章中写到有人对"风"的描述，用了"婴啼"、"虎啸"等词，用比喻将无形化为有形，非常形象生动，让人觉得犹如置身其中。

　　本文除了在语言上的特色外，还有一个优点，就是作者虽然是在写游记，但是文章并没有仅仅简单地介绍风景，而是还有一些自己的思考和评论，比如文中对御道"祥"与"不祥"的思考，很有自己的见解，同时也增加了文章的深度，使得写景与抒情融为了一体。这一点就前文来讲是一进步，可喜可贺。

宁夏，撒下在大西北的珍珠

林茂锋

　　你落在丝绸之路的边上，是不小心撒下的遗珠。也许你并不光辉耀眼，被那敦煌赚足了眼球，但是你并不气馁，反而静静地屹立在丝绸之路的一个拐角，等待人们悄然走过，像是少女为爱情做好了准备。

　　骆驼，烽火，沙漠，所有大西北最自然的风光你样样不缺，一颗颗闪耀的文字，一座座朴拙的城池，当西夏在你这里绵延，当历史在这里诉说时，我知道其实你并没有被遗忘。你"鲜活"了古代绚烂的历史，用你独有的风情展示给后来的我们。

　　曾经幻想着能够在与天相连的沙漠中狂奔，任头发在微风中狂舞，任风沙扬起面纱，多少次，我在梦中这样注视着宁夏。真正走入腾格里沙漠，才让我看到了大自然的另一面，像是画板中调色失误出现的黄，生硬而抽象。也许是害怕旁人嫌你太过丑陋，你只知寂静地躺着，悄无声息。轻捏一把黄沙，又在微风中飘不见它们的踪影，只留下阳光温暖过的余温。很多时候当时间也在指缝中溜走后，留下的也只是少有的记忆罢，如那被温暖过的沙粒般。

　　夕阳时分是你最迷人最耀眼的时候。走在沙漠中，突然旁边经过一支骆驼队伍，我们顺便感受了大西北最原始的交通工具——骆驼，在丝绸之路上缓缓而行。仰起头时，艳阳已经收敛了许多，估计是害羞吧，只留下一层模糊的光晕。沙洲的半边是阳光，半边是阴影，像是白天与黑夜都在争相揽下这个遗珠，这个东西方文化交融的天之骄子。闭上眼睛，周围已经寂静得只剩下呼吸声，我仿佛看见古代，也是在这片沙漠上一匹骏马驰骋西域，为远方送去几封家书。沙海茫茫，戍守边关的士兵唯有望月怀人，但是这匹骏马在沙海中将这些思念紧紧相牵。

　　夜晚的你褪去烈日下的光芒，安静得像是被父母骂过的孩子，不敢说话。夜晚中繁星点点，第一次如此近距离地望向夜空，内心的激动无法言语。仓皇地逃离了城市的桎梏，才能走进我们原本生活的自然。宁夏分明是一个能够打开历史密室的钥匙，所有的记忆，就在打开密室的那个瞬间，全部浮现。你拉开了序幕，悠久的历史从此上演。

　　宁夏，撒落在大西北的遗珠。

点评：张凡

　　这篇文章的语言表达很好，词语使用准确且鲜活，使整篇文章都充满了美感。除了语言优美之外，文章在叙事手法的处理上也颇具匠心。写景的文章要么容易平铺直叙，要么容易沦为生硬的描述，而本文的作者将描写的对象当作一个对话的主体，全文以第二人称"你"来称呼宁夏，瞬间拉近了宁夏与作者、与读者之间的距离，充满了亲切感，使得整篇文章读来都温情脉脉，作者想要表达的感情也自然而然地流露出来。读这篇文章，就像眼前打开了一幅美丽的画卷。

　　不过，可能是作者着力于写景，所以在对与叙事相关的问题的处理上稍显薄弱，文中有些内容的出现缺乏一些铺垫和说明，显得有些突兀，如果前后有一个呼应的话，效果会更好，文意会更清晰。

故 土

卓 泓

　　一直不能理解乡愁所带着的淡淡忧伤。"故乡的歌是一支清远的笛/总在有月亮的晚上响起",每每读到席慕蓉的这首诗,也仅仅觉得很美很美,难以产生更深层次的共鸣了。其实人生的很多种美,都是饱含热泪的微笑,年轻的生命历程终短,我却不敢奢望那样的共鸣,还在青春,还在燃烧,便不愿理会沧桑与惆怅,即使是哭,也执意去失声痛哭。这几年眼泪来得特别多特别快,也特别短暂。曾经认为女孩子掉眼泪是很娇气的表现,但是看到那些触动心灵的人和事,淌一把泪又何妨。虽然即将要远离我的家,但是终究没有泛起那些伤感,更多的是憧憬和跃跃欲试。

　　重回故土,带着相机四处游荡,童年的片段不断地撞击自己。上天让我降生于此,这块土地之所以能被称作故土,全因为它承载了我的童年,这里每一棵树每一条街每一块砖都有一个我的故事,能呼吸的美好回忆。那条连接着老房子和邻居家的长长阶梯是孩提时最大的挑战,很陡很高,每次往下走都得屏气凝神战战兢兢,仿佛一失足就是万丈深渊,两边黑洞洞的,我想着有绿莹莹的眼睛,那是伺机而动的老虎和灰狼,很久以后才知道那里只是堆着高高的柴垛,走这段路总是承受着既想狂奔又惧怕滚下的双重折磨,却也能获得冒险的刺激和劫后余生的喜悦。

　　邻居家门前是一棵高高的繁茂的梅树,过年时的我把自己洗得干干净净的，换上漂亮的新衣服，穿着小靴子就去树底下晒太阳。黝黑的枝干拥住了大片天空。白色的花缀满树，满满地吸上一腔幽香，风拂过就飘下几片雪白花瓣。背景是湛蓝的天，软绵绵的云絮，淡淡的冬日暖阳，安静的小白狗窝在树根旁，时间只似凝住。再往下就是菜地。以前脑海中的田就是一望无际的金色，还有随风涌动的麦浪，丰收的喜悦。小时候初次近看这形似田野的菜地，真不免有些失望。换上了新鞋的我不愿走下去，只站在边上看着。那时已到傍晚，偶然见到小木屋顶上升起袅袅白烟，衬着宛如打在碗里蛋黄一般的夕阳，虽说不上"大漠孤烟直，长河落日圆"那种雄壮如画的美，却也让人忍不住欣喜起来。然后就传来大人喊着回家的吆喝声"吃饭啦——"一路小跑，各家都是除夕年夜饭的香气，脚底下踏着鞭炮放过后大红的碎纸屑，灯笼、对联，到处都是红的，到处都是团圆之时乐呵呵的笑声，所以记忆里面的菜地就是红色的，喜气的，喧闹的。

  这次回来却是盛夏，满眼只是绿色和土黄色。踩着花布鞋，提着长裙就踩进了田间小路，有种漫游仙境的新奇。水渠里悠悠的流水，躲在叶下可爱的小茄子，肩挑大桶清水的老伯伯，用大花洒浇菜的中年妇女，田间小木屋前谈笑的绑着麻花辫的姑娘和穿着海蓝色背心的年轻汉子，还有盯着我却不狂吠的大黄狗，一路走，一路朴素的美扑面而来，让人止不住想翘起嘴角。尽头是小溪之源，几个村妇在洗衣服，这才算亲眼见到古诗中河边捣衣之情景。

  往上爬去走到铁路边上，想起以前总是从车厢里面向外看，觉得外边是自己触不到的世界，现在站在高高的野草后面，踢着碎石子，才真正觉得没有人是只属于城市属于高楼大厦的，看似破旧的路边小屋，也许就藏着你的童年。丢过甩炮的草丛，画过跳房子格子的小路，挥舞过烟花的天台，涂过小人偶的红砖，虽然我已经长大，那些人那些事过去了就不再回来，但我庆幸自己还能记得那些美好，不会想到要回到过去，一些东西注定要留在确定的时空里才有美感，生活只要充实便绝不后悔，所以还是坚定地走下去，让这些记忆成为幸福的理由。

点评：娄赛赛

"十九岁之后，故乡只有冬夏，再无春秋。"我们这代大学生从很小的年纪就开始有了对于故乡的思念之情。"这块土地之所以能被称作故土，全因为它承载了我的童年，这里每一棵树每一条街每一块砖都有一个我的故事，能呼吸的美好回忆……"

阔别故乡很久之后，作者怀揣着浓烈又脆弱的心情回到故乡，童年的记忆翻涌而至，文章字字句句充满了对故乡的爱与思念。文字描写非常细腻，如花布鞋、小茄子、田间小路、麻花辫姑娘、大黄狗，作者用细致可爱的词汇表达了对故乡的喜爱，由景生情顿生感悟：过去很美好，但是已过去，坚实走下去才是必选之路。文章中流露的难以掩盖的悲伤氛围，也许与作者那时那地的经历和心情有关。很大篇幅都在描写童年时故乡的纯洁和幸福，也许是过去和现在的对比，乡村和城市的对比过于明显。

文章词句斟酌精致，视角细腻专注，值得学习。

寿宁——信仰的力量

吕 源

寿宁，一个我去过的地方，确切地说，是一座我曾虔诚地让心灵为之震撼的小寺庙。

从山西回来有一阵日子了，开始怀念那几天无所事事的感觉。每天早上起来不知道自己中午会在哪里，就这么和一群人没心没肺地走着，玩着。走个路都能乐趣横生，在人山人海里排着队也不觉得多么烦躁。回想起来，这样的状态大概源于我们在那几天里不需要考虑多么现实的东西，遵照着自己心灵最初最单纯的指引。

然而在那几天里，最打动我的，是冥冥中遇见的寿宁。

当被五台山的世俗烟火熏得满心无奈的我们，在无意中瞥见那座远山上的小小寺庙的时候，就执意要踏上那条通向那里的，没有人走的山路。可能也只有在那种不受现实事物打扰的状态下，我们才能那么没有顾忌地，随心而动地，想走就走了。上山的时候，已经快傍晚时分了，那条原始的山路寂静得没有一丝生物活动的气息。途中遇到的一片坟地更是让我们心生恐惧，但还是就那么一直走下去了，直到我们见到那一段红墙，寿宁的红墙。

在层层叠叠的山头过后，在曲曲折折的山路之后，我们见到了寿宁寺——王子焚身寺。我不知道王子焚身这四个字意味着什么，问了鸟儿，她也不是太清楚。但是，我至今仍执拗地相信，王子焚身的故事给这座深山中的寂静的庙宇赋予了信仰以伟大而震撼人心的力量，才让它能在一片烟火喧嚣的五台山中，就那么静静地坐落在那儿，却有着无法言说的庄严。

见到寿宁寺的那一瞬间，好像世界一下子都开阔了，安静了。安静得使一路上从来没有停过嘴的我们，不敢大声说话，或者说，已经没有什么能用语言表达的了。站在寿宁寺前的那一片长着尚未全枯的草的平地上，看最远处的山，心底的一切都干净了。我们用自己贫乏的语言笨拙地表达着心里最质朴最简单的愿望，却惊扰了寺里唯一的僧人。

悟荣师父，一个脸上刻满了岁月痕迹的老僧，身材不高，却充满了平和的力量。一个在风浪中守着自己内心家园的人，怎么可能不淡定从容。尽管语言沟通不是很顺利，但我们最终还是征得了悟荣师父的同意，带着自己许久没有如此虔诚过的一颗心进寺里参拜菩萨。我是一个并不信奉佛教的人，但踏进寿宁的那一刹那，那种庄严的平静却让我不知道为什么想要哭。寺庙很破，有一堵墙坍塌的缺口甚至是用枯树堵住的，但这个寺里的一切一切却都透着整洁和澄澈。所谓深山藏古刹，大抵如此了吧。在悟荣师父敲响第一声钟磬的时候，院里有几只鸟雀惊起飞出了院落。几乎可以确定，我此前从未听过如此清越的钟声，辽远得仿佛直抵内心。好像是心上坠了太久的灰尘和负担终于掉了下来，眼泪其实在这个时候已经簌簌地流出来了。

回去的时候，大家静静地走了好久，却再也不觉得这条偏僻的山路有任何可怕的地方。低头看看脚下的路，坡陡且坑洼。不知道多少年前，那些修建寺庙的人，是带了怎样的虔诚和信仰，用石、木，一点点地在深山之中修建了这个让人置身其中就心绪宁静的所在。在那条狭长的山路上，有多少僧侣带着牛车一步步丈量了信仰的虔诚。

一个人，多年孤身却不显寂寞；一群人，多历困苦却不见焦躁；一个地方，破旧失修却不显颓圮。我想，这一切，该是信仰的力量。而寿宁，就是这样一个由一群人在山路上一步步丈量，一个人在岁月中静静独守的，关于信仰力量的地方。

点评：丁剑冰

  这是一篇让人感动不已的文章。作者不像是在写作，而是像在跟一个久别重逢的老友侃侃而谈他的一路见闻，更像是在月明几净的夜色中独自沉吟，而读者就隐匿在空旷世界的一角静静聆听。

  将信仰与山西的一方寺庙联系在一起，寻访寺庙的旅程变成追寻信仰的过程，是这篇文章最吸引人的地方。寻找寿宁寺本是旅途中的一个小插曲，毕竟这座小小的寺庙在五台山的盛名下是如此的不显眼。然而，寿宁寺的一砖一瓦、一草一木，都让作者感受到强烈的信仰的力量，他由此想到了修建这座寺庙的人，想到了经营这座寺庙的悟荣师父，他们"丈量了信仰的虔诚"，在俗世中守护着难得的平和与宁静。

  文章情感浓烈，但有控制，引领读者渐入佳境。文字朴素中带着力量与优雅，平实而富有华彩，让我们看到了作者隐藏其中的那颗质朴、纯洁的心。

雨 夜

刘杉佳

　　窗外的天下着雨，晚上一定有一个迷人的雨夜。
　　稀稀落落的小雨，散去了楼下孩子们的玩耍声，轻轻地敲着我的窗。
　　我便悄悄地披了棉袄，带上门出去。
　　从楼下出发，一个人，漫步在雨中，迷迷糊糊地哼着歌。
　　在今晚，寂寞不是唯一的主题，没有雨伞的阻隔，和冬雨幽会。
　　雨，飘在空中，顽皮的他们拥抱、融合、下落，触到了叶子却失去了他们的天真，乖巧地滑了下来，回到了大地的怀抱中。是啊，他们从那里来，终也回到了那里，大概这也算轮回吧。
　　夜深人静，白天的熙熙攘攘，车马喧嚣，此时此刻都沉寂下来了，只有我在静静地听着雨中自己的踱步声。渐渐地，流花，一条曲折的绿荫路，朦胧地出现在视线中。这是一条幽僻的路，白天也不喧闹，夜晚就更显得有些寂寞。
　　路上只我一个人，背着手踱着。这一片天地好像就是我的。我爱热闹，也爱冷静；爱群居，也爱独处。像今晚，一个人在这苍茫的月下，什么都可以想，什么也都可以不想，便感觉自己是个自由民。白天里一定要做的事，一定要说的话，现在都可不理。这便是雨中独处的妙处。

风，静静地抚摸着这一片和雨充分结合了的叶子，伴随着稀稀拉拉的窃窃私语，薄薄的青雾在草丛里渐渐浮起。叶子和草仿佛在细雨中洗过一样，如一场笼着轻纱的梦。

路灯，落下参差的斑驳的暗影，雨却又像是在光幕上闪闪烁烁，光与影有些参差不齐。

而风和雨却有着和谐的旋律，如卡拉扬指挥的名曲。在清风的飞舞下，雨夜也热闹了起来，雨点的拥抱声，他们和树叶的亲吻声，他们回到那儿的激情声，渐渐地揉在一起，组成了冬夜细雨的歌，但热闹是他们的，我什么也没有。

羡慕油然而生，风时起，他们便可嬉笑怒骂，尽情地表达着自己的心，风抱着，叶接着，地找着，和他的弟兄们耍个尽兴；自由地追逐着自己的梦，没有丝毫的羁绊。而我，只有一丝冷笑。我是错的，他们永远对。我知道，我们都在为彼此牺牲着，但我们有误会。

走着走着，来到了小时常常和伙伴们玩耍的地方，当年的嬉戏、打闹一幕幕展现在眼前，在雨中，视线渐渐温暖地模糊了当时的光景，真是有趣的事，可惜我们现在没闲工夫嬉游了。

迎面吹来凉爽的风，带着雨轻轻地在我脸上留下小水珠，他们顽皮地敲打着我，湿润了我的头发，在我的发丝处结成小水珠滴落下来；落在脸上的，在眼角处汇成溪流，缓缓滑落到嘴边，咸咸的，暖暖的，这是夹杂了泪水才独有的味道。这时，我觉得自己很不错，有谁能像我一样风雨无阻地去感受，在深夜和冬雨幽会呢？

这样，猛一抬头，看见无数细丝，从高空落下，带着清爽，沁透心脾。多想在这样的雨夜，放声呐喊，让世界听见我压抑的声音，让我也能酣畅淋漓。

但终究，没喊出声。

夜深沉，什么声息也没有，人们已睡熟好久了。

点评：娄赛赛

在一个冬日的雨夜，作者披着棉袄一个人在路上踱步。与白天的喧嚣相比，夜晚的雨夜清冷寂寞。作者在苍茫的月下感受着清风的飞舞，感觉到自己像是个自由民，脱离了白天的繁忙与忧愁。风雨稀疏中经过自己幼时玩耍的地方，不由得感慨当时的嬉笑与现在的沧桑。文章像散文，又有诗歌的风情，自由表达作者的真切感受。

作者文思细致入微，尤其是对于雨夜的描述，形象生动，雨夜独步，却是心中有不平之事，文可以兴，写作是一种抒发亦是一种自省，自己与自己对话也是人生难得的乐趣。

需要指出的是文章有些语段有明显的模仿的痕迹，比如文中有些地方与朱自清先生的《荷塘月色》中的相关文段几乎一致。对初学者来说学习模仿一些名言佳句是很自然的事，但要学而化之，避免生搬硬套。

倾 莲

刘姣扬

　　莲，夏日中一抹清新的俏颜；莲，清冷的黑夜里一位寂寞优雅的舞者；莲，纯白的雪原上一片悠远空灵的禅意；莲，天外的诸佛撒下的一份平和与慈悲……

夏 莲

　　烈日吸蚀着大地上每一丝的清凉，空气被塞满了热的讯息，胀大得懒洋洋地停滞不动，炎热的势力疯狂地扩张着，霸道而又无法抗拒，突然——热的气息被搅乱了，仿佛骤然间被浇熄的烈火，不甘地嘶嘶地吐着热气，一池青莲若温凉的碧玉，伸展着剔透无瑕的身体，霸道的热气冲撞而上，瞬息间化作那一粒粒温婉可人的小水珠，倚着俏美的莲瓣。在炎日下真切而俏丽地仰着头，那般亮烈与无畏，烟雨江南、弱柳荷风，似乎也浸染了北国狂狷的风沙，多了一丝铁骨铮铮的傲气。

夜 莲

　　凄清的夜色笼住浮躁与喧嚣，寂静中缓缓拂过轻风。不经意间停下，为那一片莲。在夜风中战栗，荡开一池清冷的香，是喃喃的絮语，是孤独的舞影。月光在波痕里跳动，打着平平仄仄的节拍，那层层叠叠的裙袂，袅娜缱绻的风情，如精致的英伦女子，即使在没有观众的剧场里，也要一丝不苟地坚守着优雅与高贵的风致。一生之中，总要有那么一份不可割弃的坚守，不为掌声，不为附和，当精致成为习惯，那份美丽便烙印在了灵魂深处。

雪　莲

　　她已在这亘古静穆的雪山上伫立千年，睥睨着脚下汹涌翻滚的云絮，为世间的悲欢离合蓄满咸涩的泪。那一朵遗世的雪莲，是划破天际的梵唱，是圣洁的归途，是看罢无数轮回后的心静如佛。一片片轻盈曼舞的雪花宛若她的另一重化身，飘落于一片静寂的纯白，既而回归自她的脚下。她依然只是静静注视着短暂的轮回，似乎在悲悯，又似乎在沉思。在这片纯净的圣地，她宛若神祇，却又只是这个轮回中的过客，始终是会凋零的。但是，她却依然如此淡然平静地承受自己衰亡凋落的命运，顺其自然地回归鸿蒙之态。曾经的神祇，如今便匍匐在大地上，以骨血孕育下一个轮回。

心　莲

　　城市太过拥挤，不能喘息，嗅不到莲的芬芳，看不到莺飞草长。撩开城市的一角，把馨香根植于心中，看莲叶田田，固守那一池静谧。

　　天地亘古绵绵，我只求以渺小的生命，倾心于莲，倾情于莲……

点评：娄赛赛

　　本文描写了夏莲、夜莲、雪莲三种不同情境下的莲花，表达了作者对莲这种植物的喜爱和欣赏，在作者的心中，莲是纯洁平和的。夏日烈烈，莲却清纯剔透，弱柳扶风般对抗着亮烈的日光；夜色凄清冷涩，莲却优雅缱绻，即使无人关注也保持着自己的优雅与高贵；雪山亘古静穆，莲却圣洁轻盈，如女神般静静注视着世间轮回。作者用了这种多层次的对比，凸显出莲花的洁身自好与铮铮傲骨。

最后一个段落作者点明自己描写后的升华——"心莲"。我们生活在这个拥挤繁扰的都市，终日忙忙碌碌，此时若在都市一隅或寂静深夜看到高洁优雅的莲花，该多么美好。而在另一个角度，作者还透露着另一种意境：表达对像"莲花"这样纯洁的人格的歌颂与赞美。作为一个个体，虽然生活在繁杂都市，却应该像莲一样保持清醒和独立，优雅与清纯。这正是本文经过层层蓄积而最终所要引领读者思考的。

在表达上本文运用了比喻、拟人、排比等多种修辞手法，用精致从容的语言营造了莲的形象，足见其语言功底。

不足之处是文章所选"夏莲"、"夜莲"、"雪莲"三个角度有交叉包容关系，这在逻辑上是有欠缺的。

看破春晓

杨璎珞

在一个春寒料峭的黄昏，我恍然觉得自己是那摇晃不定的夕阳投下的细影。

我匆匆走在自己的路上，偶尔一双高跟的鞋便踩出噔噔噔的生命的响动，就如同青帝在轻叩苍凉的门扉。如果说，曼妙的春即将踏着轻盈的舞步翩然而来，那么就在那瞬间，我仿佛看到了衣衫褴褛、佝偻着身子的老太，她的笑，扯动了满天深深的褶子。

于是云无端地便渗了出来，像整洁桌布上黏稠而难以清洁的牛奶。

而那些在土壤中蓄势了整个冬天的种子，在我以为它即将要顶着微寒破土而出的一刻，它竟将自己欲出的新芽又掖了掖。

这让我憎恨生命中近乎嘲弄的戏谑，却又痴迷于它的不显现。仿佛未曾有过幼苗在黑暗中探出头的细微过程，我所能见的，仅是严冬荒芜的土地和瞬间转变的芳草的郁郁葱葱。如同季节生硬地拼接，爬山虎的藤蔓似粗糙的缝补的痕迹，它舒展的叶在阳光下竟显出了粼粼的波光，而我只能记得它曾经骄傲地向我挺着饱满的芽苞。

也许，我应该显示出那么一些适当的惊慌，为我所拥有的缺失。但是，我不知道，它在哪里，我不知道，我不能看到的每一样，究竟谁能看得到。

我看不到凛冽的冬风渐渐消逝后，初露的浅草，燕子的呢喃，光秃秃的枝干上突兀地冒出的点点生机，那破晓的时刻艰难迸出的泛白的光。我熬得过四季，却未曾看破过春晓。

路两旁的杂草尖上坠着玲珑晶莹的露珠。

点评：王玉琳

本篇散文以精致而忧郁的笔调，展现了作者超乎常人的细腻与敏感，无论在语言修辞还是表情立意方面都有诸多可圈可点的地方。细节上的雕刻非常用心，如"云"是"渗"出来的，"种子"将自己的新芽"披了披"这些字眼的选用，都显示了作者的创作才情。又因见到冬春之交的自然流转，风物变迁，而心生"我憎恨生命中近乎嘲弄的戏谑，却又痴迷于它的不显现"，这样的领悟不禁令人叫绝！只有如本文作者这样，敞开心扉以生命的触角感知自然乃至宇宙的脉动，才能在这样一个普通人看来充满希望的春晓，生发出"未曾看破"的感触。

当然，我们也要承认该文的写作仍有一丝稚嫩，也是年轻作者在创作中不甚成熟的表现。比如"曼妙的春即将踏着轻盈的舞步翩然而来"一句，重复的形容词的叠加并未经过精心琢磨，使整句读来不免有些笨拙无聊；再如"仿佛未曾有过幼苗在黑暗中探出头的细微过程"一句，将前后两句共同营造的抒情语境以近似科学的理性口吻打破，上下文有些风马牛不相及。最后，依论者之拙见，应将全文最后一段删掉，因它与上文格调不大和谐。

致远方我孤独美丽的你

李 奕

那是在远方的我的美丽的你。

是，春天一望无垠的绿色的草原上，孤独地立在山丘上，随风摇曳的，树一样的你。

这是在远方的你的平凡的我。

是，想要闭上双眼，静静地站在你面前，不发一言的，平凡的我。

天黑请闭眼，这城市点亮所有的华灯。

此刻的我忽然很想给你写信，写很长很长的信，一天，两天，三天，四天，五天都读不完的信。我的生活很简单，大哭，微笑，如此而已。因为我记得你说，要有，最简单的生活和最朴素的梦想，哪怕明日天寒地冻，路远马亡。不知道你是不是也一样。就这样漫无目的地开始写吧，从今天太阳升起，谈到夕阳西下。从天空飞过的鸟儿，谈到地下掉的几片落叶。从天气有点凉了，谈到我突然有点想你。

不聪明，不机灵，不可爱，不漂亮，不高挑，不健谈，不耐心，不温柔，不多金，也一直不快乐。

我的，偏执的，不讨喜的你。那些都是很好很好的，可是偏偏你不喜欢。那样可以走得更容易，可是你偏偏不喜欢。那样或许能不难过，可是你偏偏不喜欢。

我的，直白的，笨拙的你。这些明明都很容易的，可你偏偏学不会。这些明明都很平常的，可你偏偏做不到。这些明明是我们每个人与生俱来的，可你偏偏不能够。

可是，你，我重要的你。是善良的，真诚的，温暖的，不虚荣，不做作，不谄媚的你。

是值得我等待的，守护着的你。是会幸福的你。

想要看到从遥远的地方向我走来的你，再狼狈也无所谓，我一直在这里等你。我的，敏感的，脆弱的你。想起你，泪流满面的你，一个人走着的你，彷徨的你，无助的你，无可奈何的你，忐忑的你，战战兢兢的你。

那样美好的你。

点评：王玉琳

本文是一篇抒情散文，全文开篇便直抒胸臆，摄住读者。排比、列锦、对照等手法的运用极其熟稔而精彩，通过罗列长串长串的形象贴切的形容词，铺展大段大段遣词精准的排比句，让一个"你"的形象，多面地，完整地，不完美而又完美地，真实地展现在读者面前。与此同时，在诗一般的语言中，作者以丰富的形容词为我们描绘出了另一个自由而又惶惑的，平凡而又独特的，真实的自己，在充满感情的叙述中，抒发了对那个自己的温柔向往，引人不禁对照自己的内心真实，在共鸣中获得更深的启示。那些在纸面上不断铺排的词和句，以呼告的口吻唱了出来，情感澎湃，毫无掩饰，富有极大的感染力。

随 笔

崔家乐

听雨·洗心·看尘世

　　在北京的春天来临的时候，我，二十了。对于这一天，盼了很久，可是等到了，却没有我想象中的美好。

　　"自古英雄出少年"，然而有时候，少年却并非都是英雄。到目前为止，我还是一个没有什么用的人。我不聪明，也可以说我很笨，笨得连我自己都羞于同别人谈论自己。虽然我不甘心，但我确实缺乏任何的特长。有一句话描写红颜薄命，"心比天高，命比纸薄"，用在我这里更是"心比天高，笨得更甚"。

　　我并不是在抱怨老天的不公，我只是一想到已经二十岁了还依然一事无成，心中就感到难过，毕竟人生能有几个二十年呢？记得一个名人说过这样一句话，"一个人不论活多大年纪，最初的二十年是他人生中最长的一半"，对此，我是深信不疑的，所以越想越感到心慌，我的一生到底会是怎样的呢？我真的要像现在一样碌碌无为地度过一生吗？

　　以前我总是不断地与别人谈追求，谈理想，谈活着的意义，不断地责备别人不珍惜生命，虚度青春，大骂他们不考虑为社会和他人做些有意义的事情。可我又曾做过什么呢？我看见挨饿的人却不能给他们食物，我遇到受冻的人却不能给他们衣服。我只会每天吃饱了无事做发一些没有用处的牢骚，在无聊和郁闷中浪费我的光阴。

很多人看不起追逐名利的人。说实话，我不是一个爱财的人。我对利没有太多的想法，只要让我不至于挨饿，我别无他求。可是我想出名，我追求流芳百世的名声。就像比尔·盖茨、乔布斯那些伟人一样，让所有人记住我。因为我不想白白地活一生，死了什么也没有留下，就像从来没有过我一样。我梦想着要不朽。《左传》里这样说过："太上有立德，其次有立功，其次有立言。虽久不废，此之谓不朽。"也就是说一个人想要永远被人记住，要做到"立德，立功，立言"，可是哪一样我能做到呢？"立言"是最低要求了，然而如今写篇随笔就让我绞尽脑汁而不得，又怎能写出《史记》这等传世之作？更别提立万世所尊敬的德行，建立不朽的功勋了。

我二十岁了，可我想哭。没有我，今晚的月亮不会哭泣，明天的太阳照常会准时地升起，这个世界也会依然精彩，不甘心，真的，可我又能怎样呢？

曾经年少立过大志，转眼间，时光飞逝，容颜已变，事业未成，心却将老。童年追少年，少年梦青年，如今青年已到，心中却彷徨无奈，生怕青春流去一事无成。

失去的时光就是死去的自己，永远都不会再回来了。鲁迅先生说，人生最大的痛苦是，梦醒了无路可走。我的梦早已醒，我不知道我的路在哪里，可是我不会一直悲哀，我会继续追求我该走的路，继续寻找丰富充实的生活，只要我的心不停止跳动，我会一直努力寻找我的价值所在，并让所有人记住我的价值。

点评：王芳丽

正如本文题目一般，文章随心而就。感情真挚自然，深刻地体现出一个大学生渴求建功立业的迫切心情，有这个年龄段特有的壮志情怀，也有一些彷徨无奈。本文把自己二十岁的生日作为切入点，感叹青春正茂，生活却并不似自己想象中的那般风生水起，因此害怕自己浪费了大好光阴，落得个"少壮不努力，老大徒伤悲"的结局。本文不仅感情真挚，还富有哲理色彩。作者不停地反思自己的人生，对生命的价值和自我的追求展开了深刻的思索，并且最终打开心结，鼓励自己奋发图强，珍惜大好时光，是一篇自我剖析式的哲理佳作。

从文章结构上来看，本文层次鲜明，条理清晰。从二十岁这一新的阶段着手，谈到自己的理想抱负和内心的忧虑，然后又理性分析自己现在的状态，最后言到浑身通泰，便激励自己，展望未来，有开端有发展，且有很不错的打算，层层递进，很有逻辑性。从文章内容来看，本文引用了许多名人名言来说明自己的观点，或表明自己的忧虑，有感而发，说明有一定的语言积累，书到用时，能够顺手拈来，丰富文章的内容，增强说理性，这些都是难能可贵的。

另外，从感情格调来说，本文还有一定欠缺，文中语言体现的感情较单一，多了些自怨自艾，故而稍显沉闷。而且，有些名言的化用不够高明，因此文中有些地方会稍显生硬，影响全文的流畅性，希望以后多加注意。

品豆汁儿

文 婧

不久前，我与湖南同学到门框胡同喝豆汁儿，又一次领略了"品"字的绝妙。

早些时候，我喝过豆汁儿，的确受不了那酸腐味儿，后来在梁实秋品味豆汁的启发下，越喝越爱喝了。梁先生说："豆汁之妙，一在酸，酸中带馊腐的怪味儿；二在烫，只能吸溜吸溜地喝，不能大口猛灌；三在咸菜的辣，辣得舌尖发麻。越辣越喝，越喝越烫，最后满头大汗。"

于是，我按照梁实秋的方法尝试着喝起来，吸溜一小口热豆汁，咬一段酥透的焦圈，再夹一筷子切得极细的辣咸菜丝，三种食品在嘴里一混合，慢慢咀嚼，细细品尝，果然，味儿变了，起初那股子酸腐味儿，随着豆汁的徐徐下咽，变得口有余香。豆汁酸中带甜，甜中有涩，再加上咸菜丝的麻辣，味道怪怪的，蛮刺激的。正如《燕都小食品杂咏》中所说："得味在酸咸之外，食者自知，可谓精妙绝伦。"足见"品"字之美。

其实大家在生活中都有体验：喝茶要品，看人也要品。如果接触到爽直口快的人，一开始会有点儿不舒服，总觉得"刺儿"太多，难以接受。可接触次数多了，熟悉了，细细品味儿，才觉得这种人"直"得可爱，"爽"得可贵，有一种淋漓痛快之感。

再说那位同去的湘妹子，本来对豆汁已拒之千里，经我这样一"启发",便也鼓起勇气,捏着鼻子,勉强抿了一口,刚刚咽下,便大喊"泔水"。

"你别太急了。豆汁儿不是蜂蜜,要反复品,用心品,才能品到一般人尝不到的妙处。"我的鼓励很有效果。她果然深吸一口气,闭上眼,细细品味起来。没过多久,她渐渐展开紧锁的眉头,点头称道:"噢,确实好喝!"

我俩这次来,也是对"品"字的一个诠释。品,一则拒绝了浅尝辄止的弊病;二来能品味一下美的感受。不是吗?品中有悟,也有思;品中有知,也有索。深入下去,就会懂得一些不曾了解的哲理。

喝豆汁,可不仅仅是品味小吃,也许就是在品味人生呢!

点评:温烨烁

本文是一篇带有议论性质的散文。作者从品豆汁儿这件小事中生发出一些感想,因而成文。豆汁儿是地道的北京小吃,因带有酸腐味而被许多人拒之千里。作者却在梁秋实先生"豆汁三妙"的影响下,学会"品"豆汁儿。不仅自己品,还指导自己的同学一同品。不仅品豆汁儿,还品茶、品书、品人。这一品,不仅品出"酸中带甜、甜中有涩"、"口有余香"的美味;并且品出了"品"字的玄妙。品,一来杜绝了浅尝辄止的弊病,二来能品到美的感受。题材虽小,以小见大,引人深思。

小品文是介乎散文和议论文之间的一种文体,它既具备散文的形象性,又具有议论文的思辨性,是初学者练笔的一种好形式。需注意的是这种文体毕竟属散文范畴,所以要以形象的材料为主,议论要简练精当,点到为止。本文议论就稍显多了些,如加以提炼会更好。

我心中的一首诗

刘翌星

"秋花惨淡秋草衰，耿耿秋灯秋夜长，已觉秋窗秋不尽，那堪风雨助凄凉！"一首《代别离·秋窗风雨夕》充盈着哀怨、抑郁与凝愁，吟出了"潇湘妃子"如诗的一生。

父母双亡，寄人篱下，她敏感多愁。春来春往，花开花谢，当无尽的落花在园中堆积时，她忧从中来。"花谢花飞飞满天，红消香断有谁怜？"手把花锄，她走进园中，去埋葬那飘零的落花；月下漫步，她声声低吟，去哀婉这脆弱的生命。"独把花锄偷洒泪，洒上空枝见血痕"，无声的愁思涌上心头。未来一片迷茫，她生怕自己像落花一般，"一朝春尽红颜老，花落人亡两不知"，她埋葬的不仅仅是那几片凋零残败的花瓣，埋葬的还有她无尽的凝愁与哀伤。

高洁坚贞，飘逸潇洒，她有自己的风采。"半卷湘帘半掩门，碾冰为土玉为盆"，她的随性、单纯、清雅毫无保留地展现了出来；"偷来梨蕊三分白，借得梅花一缕香"，她以白海棠自比，拥有梨花之洁白，梅花之馨香；"月窟仙人缝缟袂，秋闺怨女拭啼痕，娇羞默默同谁诉，倦倚西风夜已昏"，她的孤寂、无奈跃然纸上。一首《咏白海棠》，风流别致，不为赢得第一，却也得到了宝玉的理解与认同。

落絮浮萍，雨打风吹，她命运漂泊。"漂泊亦如人命薄，空缱绻，说风流！"她的生活在漂泊中，她的生命在漂泊中，她的爱情亦在漂泊中。她与宝玉虽爱之深，情之切，但他们的爱情却是没有结局的。宝玉没有能力让她依靠一生，也没有权利来选择自己的爱情。这一切的一切都注定了她漂泊的一生。"叹今生，谁舍谁收？嫁与东风春不管，凭谁去，忍淹留。"她明白自己的处境，也明白人情冷暖。她就像那落絮浮萍一般，任风吹雨打，也无人理会。

无心滞留，哀诉悲情，她撒手人寰。"凭栏人向东风泣，茜裙偷傍桃花立"，她伤心欲绝，独自凭栏；"天机烧破鸳鸯锦，春酣欲醒移珊枕"，她烧破鸳鸯锦，将自己的爱烧毁，让其化为灰烬，随风消逝。"憔悴花遮憔悴人，花飞人倦易黄昏。一声杜宇春归尽，寂寞帘栊空月痕！"她命如桃花，春尽人去，似在暗示自己的"归期将至"，也似在奏响最后的"哀音"。

"娴静时如娇花照水，行动处似弱柳扶风。怜花葬花泣残红，文思敏捷诗咏菊。水面芙蓉秋已衰，繁条倒是花开时。"她是一首诗，一首唯美、高贵的诗。

点评：刘彧

  书写黛玉的文章有许多，这篇小散文不长，但似乎携带了黛玉所具有的才华与敏感，运用诗一样的语言，诉说了作者心中那首独一无二的"诗"。而黛玉那曲折的身世，高洁的性格以及敏捷的文思，也的确只能用"诗"来形容。所以，文章的题与文选择得十分恰切。文章的语言，词句优美，引用古典诗句信手拈来，又与上下文配合得当。语言节奏跌宕起伏，读起来散文的"散"的意蕴中又有着现代诗歌的美感。整篇文章以"诗"写"诗"，是一篇难得的佳作。

碎语二则

卢熠蕾

上　海

　　那天晚上去游外滩。看见的，是一道灯火渔港。才下车，万国公寓就喧宾夺主地先抢至你眼前。跨越一个世纪的沧桑，这些将西式风度带进上海的石头建筑光彩依然。一整个夜上海的星空下，万盏射灯将高低错落的它们装点成美轮美奂的一个璀璨。这一眼耀目让人难忘。走近去，欧式浮雕的花团锦簇里，和平饭店的弹孔如故。多少往昔的浮华烟云在历史车轮的轰然前进下渐次败落，沉淀成如今石库门老巷的昏暗光线，低调得不可一世。而那沿街排列的昂贵橱窗，则是恨不得用鼻孔把价目嘘到天上去的高调，叫外滩如今依旧维持着优雅矜贵的姿态；钻石表无论从哪一个角度望去都赏心悦目，冰冷的模特儿将静止的 Dior 西装演绎出无懈可击的姿态。只一抬眼，花旗银行的写字楼就耸立在对岸，中国工商银行的灯光招牌在云端闪亮，那欲与天公试比高的昂然，是这个城市金融崇拜的象征。走上南京路，一道窄窄的漆黑天幕下，两旁的摩天大楼上高低错落的霓虹灯争先恐后地闪入你眼帘，照亮许多不眠的夜晚，照亮许多年轻气盛的梦想。滩外的大风带来清澈的咸味。夜凉如水的星空。

这个城市浸透了多少人的血泪？多少人曾站在灯火辉煌的外滩码头，深深地凝视那一潭黑暗浑浊的江水？又有多少人在水泥盒子与水泥盒子之间挣扎，使上海成为一座高耸入云名副其实的蚁宫？在这个人心于沸腾的物欲中浮沉不知归处的城市里，只有站在云端才有资格俯瞰，只有成为神才能够伸出颤抖的双手去解救明知不得解救的苍生。否则你的人生只有被它主宰，仰头看见的是数不尽的摩天大厦齐刷刷刺向天空，如同牢笼的栅栏。

她们

　　我想起她们。她们是十五六岁的好年华里那些少年美女们。她们总是瘦，夏天里穿着牛仔短裤，或晃荡着两条洁白修长的腿走进灿烂的明亮日光里。我记得高一时在地下车库偶遇H，曾经我们高中最漂亮的女孩子。那时候H还不是很高，梳着斜刘海，脸只小小的一点，一双大眼睛带着一点慌乱直直便望进人心里去，跳芭蕾舞的纤丽身姿从昏暗光线里闪现出来，那个时候H穿的还是简单的白T恤和牛仔裤。但其实女孩子无论穿什么都很好看。蕾丝，格纹，牛仔；连身裙，小热裤，双排扣风衣；玫瑰红，藏青，各种浅色——后来她们的衣柜也越来越同她们的生活一样摇曳多姿。她们各式各色的包袋上开始挂上各种甜美的小饰品，她们手中握着的奶茶晃动出各种甜蜜的颜色，所有这些鲜亮的装饰应和着她们身上的许多色彩，让她们的生活看上去就像一首轻快悦耳的协奏曲。她们总是坐在摩托车的后座上，而带着她们风驰电掣满城市漫游的也许是一个男生，也许是一个闺蜜。她们的身边从来不缺男生追随，一个进行态或未来时的男朋友，一帮死心塌地随时可以为她两肋插刀的哥们儿。她们必须依附着他们才能以一种少女娇艳的姿态从容开放。在大多数时候，她们都是两个或三个走在一起——那实在赏心悦目。女生和女生之间总是有一点掏心掏肺的,又总是有一点绵里藏针的。然而无论如何她们都还是会亲亲热热地彼此挽着手,是姐妹花和并蒂莲。如果一群这样的少年美女走过你的身边,你的眼前一定就像是拉过一道明亮的光线。她们穿着各种色彩鲜亮的衣服,薄料子的裙子被大风裹出各种轻盈的身姿。她们的长发漆黑干净地散落着,她们的神情都不约而同地带着一种少女的娇柔,没有谁能做到不去注意她们。因为她们天生就是十六岁的青春里的一个理想主义,她们少年如花的容颜就是那一个不讲道理的美。

点评:张凡

读罢这两则被作者自己称为"碎语"的小文章,最大的感受就是作者的写作很有自己特别的风格,让人恍然觉得很有20世纪二三十年代人写作的影子。这种特别首先表现在语言的使用上。比如第一则小文章中刚开始时几个"一"后量词的使用,"一道渔港"、"一整个夜上海的星空"、"一个璀璨"、"一眼耀目"等,用"道"来修饰"渔港",用数词加量词来修饰形容词,其实这些都不是正常的搭配,但是作者将其搭配在一起之后,却也有了独特的风格,第一遍读时可能觉得略有生硬,但是越读越有味道。这种语言使用上的特点在第二则小文中也能体现,比如用"小小的一只"形容女孩的脸,"拉过"明亮的光线,等等。当然,除了语言上的风格外,这两则小文章在行文的立意上也很有意思。第一则文章中对上海外滩今昔对比的描写很到位,尤其是对今天外滩一些非常具有象征意味的品牌、地标的描写,为读者刻画了一幅金融海洋的真实画面。前面的描写为后面的议论做铺垫,揭示作者想要表达的主题:在这样一个物质的牢笼中,众人难以得到解救。整篇文章作者是一个旁观者,描写冷静,甚至冷酷,但其表达的思想却能深入人心。第二则小文也很有意思,开始读来会让人觉得,作者对这些十五六岁的少女的描写实在不是一个赞美性的，这些女生的小心思、小缺点都可以在作者对其美丽外表的描写下被捕捉到。但是文章最后作者却高调一笔，用"理想主义"和"不讲道理的美"来作为归结，顿时让人觉得青春无敌，再多的小任性、小毛病，放在青春的语境里，那也是可爱、美丽的。然而这样一个道理，从正面看，是积极向上的，但再深思，却也能品出一些相反的东西，当青春不在时，那种理直气壮的美丽也会消失吧。

总之，这两则小文章都有一个共同的特点，就是初看时可能让人有一些疑惑，有一些稍显生硬的东西，但是却越读越觉得特别，越读越有滋味。

方镇的故事

声 嘶

杨璎珞

　　城隅荒凉的深处，一栋罩在爬山虎绿荫下的古老破旧的小楼，那是他的画室。

　　尘土飞扬的日子，也会春暖与花开。

　　我是他众多模特中的某一个，在朋友的介绍下我见到并且认识了他。他开的价并不高甚至可以说低到不够我一个来回的车费，但当我看到他的画，当我看到他一脸沉闷并微微勾着身子的样子时，我便欣然接受了与他的合作。我唯一的要求是要一幅他的作品，于是我便拎着我的大包包与他一路风尘仆仆穿过闹市走过街区来到他的画室。不远处的工地上嘈杂而热闹，他取出叮当作响的一串钥匙在我眼前晃了晃。"额"，他很寡言，"到了"，他这样对我说了第一句话。

　　我跟在他身后小心翼翼走进他的画室，深蓝色的窗帘紧闭着的屋里一片黑暗。他丝毫没有开灯的意思，而是径直走向他的画纸，我怔了怔，许久才适应了屋内的光线。我细细打量着他和他的画室。他面无表情少言忧郁而且孤傲。白衬衣让他显得更加单薄病态与斯文，画室的布局很简单，只有一张杂乱的床和七八个画架。各种形状的静物和雕像在一角安静地摆放着，油彩浓烈的香味和石膏的刺鼻一齐扑面而来。

　　出于善意，我哗地把他的窗帘拉开，阳光从落地窗中方方地射进来，将他暗无天日的小屋照得通明并给白色的石膏小人镀上一层金色，空气中的细小尘埃也在阳光下浮动。

  他突然用很愤怒的眼神盯着我，这让我手足无措不知如何是好，然后他用粗暴的动作将窗帘重新拉上："你会毁了我的画！"声音从他的喉管直接沉沉地压出来。

  "见光死！"我在心里恶恶地骂。

  他要求我坐在高高的方椅上并保持不动，他在我身后拉上深色的帷布。之后，他开始安静地绘画。我听到画笔在纸上刷刷的声音，大约过了一个钟头我说我要喝水。他脱口而出"你不要说话，我正在绘画"。我直接从方椅上跳下，推倒他的三脚架，画板重重地摔在地上。我看你小子不识抬举，这折本的生意老娘不做也罢！他悲悯地从地上捡起画板，未完成的画作呈现一派颓然的色彩。

  我爱这种小王子似的悲伤，于是我开始后悔自己刚才的所为："对不起了，我明天再来。"他迟疑了一会儿，淡淡地说："我送你"。"不用"，我甩门而去。

  之后的三天，我每天都是早早来到他的画室。甚至有时他还未起床，仍睡眼蒙胧。在他备早餐的同时，我便一张一张翻看他的素描与油画。他画了很多维纳斯，断臂的维纳斯黑白灰暗地在每张纸上。铅笔弄脏了我的双手，画纸上的维纳斯似乎在哭泣。

  我与他仍然不讲话。但在他绘画时，在我伸手可及的地方便有一杯清淡的绿茶。我注视着他专注的神态，而他注视着画纸上的我的眼。他画作的阴暗总让人回忆起沉重而痛楚的记忆，他突然让我变得很爱安静，很爱环境的黑暗。

  最后一天，我将我长而直的黑发扎在脑后，我脱去我所有的衣裳，以一种美玉无瑕的姿态站在他面前。他的眼神仍然静如止水，画笔在他手上灵动地飞舞着，从清晨到傍晚。我们相视无言，我也保持着一个姿势没有改变。当最后一笔在纸上完美结束的时候,他竟由衷地感叹"好一个东方维纳斯"!而我双泪齐齐涌出,因为我发现我早已四肢僵硬无法动弹。他一把扯下我身后的帷布披在我身上,并用他羸弱的身子将我抱到他的床上。他用他因长年绘画而粗糙冰冷的双手为我按摩四肢,直到我的血液畅通重新有了知觉。

"谢谢。"我蜷着身子不冷不淡地说。

他转身把画板上的画取下递给我看,并且从抽屉里取出钱给我。我将钱丢在一边:"给我画就可以了。"我坐直身,左手握着帷布护着胸,另一只手长长地勾住他的脖子,手指玩弄他的衣领。我放开左手去捏他的下巴,然后我吻了他,双手箍着他倒在床上。

"我是你的第几个?"我故作轻浮地在耳畔问他。"我呢?"他反问。

"哈,中间的某一个。"我爽朗地笑,"你,不是第一个,也不是最后一个,只是中间的某一个。"

后来我离开的时候带走了他的画,和他画室的钥匙。

当我回忆这些种种时,我还是会感到内心的伤痛如同血液一样,流淌至全身的每一处组织和淋巴。与他苦涩的记忆让我常常夜半流泪醒来,我不忍再提。之后的事,只有冗长的句子稍稍让我安心。我将脸埋在水里掩饰了泪水,也憔悴了我的美。他画室里雪白的四壁、温暖的床蓐地成了点点细小的凹凸,硌疼了我舒展的灵魂。

一直我以为我只是他众多模特中的某一个,而他也只是我百无聊赖而遇见的中间的某一个。但是,一个月后我用钥匙打开了他画室的门,却已没有了他安然如天使的身影,尸体腐烂的恶臭阵阵发出。我拉开窗帘,映入眼帘的情景至今后怕:他枯槁地躺在地板上,尸体腐烂的水湿了一大片,有蛆在他瘦小的身子上蠕动。所有的画纸上的画都是我,或喜或悲或愤怒或欣然。雪白的墙上是断指写下的血书:

你是我有生以来的第一个,最后一个。

如果不能伴你,我愿独自孤独离去。

我开始不能控制地扶着墙恶心地呕吐,胃里翻江倒海。

我想起曾经的我是如何游戏人生虚度年华,我想起第一次见他的时候,他脱俗不食人间烟火的气质便把我深深打动。我想起他细心地为我准备的绿茶,我想起我是怎样迷乱地夺走他的信仰以及生命。

如果他是梵高,他便愿意为我割下血淋淋的左耳,只为博得我的一笑;如果他是毕加索,他便愿意为我用单纯而曲折的几何图形描绘人世间疾苦;如果他是达·芬奇,他便愿意为我用温暖柔和的颜色营造丰腴而知足的微笑。但他只是他,我生命里匆匆而过的"某一个",最最重要、最最刻骨的"那一个"。他愿意为我自断手指写下鲜红的情书,他愿意为我孤独离去。

尽管,我们相处才四天并且还尚未知道彼此的名字。

当我醒来,我躺在医院洁白的病床上。医生说我已无大碍可以出院了,但要注意保养身子,因为我怀孕了。

十个月后,一个健康的男婴出世。他的手指修长,以后可以去学画。当他啼世的那一天,我早已声音嘶哑。我给他起名为:无名。

点评:娄赛赛

如作者自己所称,这是一篇"非主流"的作文。长长短短的句子酣畅淋漓,一个故事和一段情感赤裸地宣泄在我们面前。一个模特和一个画家的遭遇,充满了偶然和刺激感。这样的作品透露出彼时作者年轻蓬勃的心思,愈加脱离生活的人物和情节表达着对于平淡现实的反抗。文章未交代人物相遇前的生活,也未透露之后命运向着怎样的方向发展,正如通篇缺失的理智、逻辑这些词汇也断裂开来。这是年轻时某一个时段所特有的文风,也许很多年之后读起来会觉得矫情夸张，可这正如瀑布一般充满了活力与真实性。什么是青春？什么又是爱？从这篇文章中我们能感受到年轻的血脉贲张和无所顾忌。

芳　香

杨璎珞

在我破土的那一刻，我惊讶地发现，上帝，对不起，我会思考。

我看见自己幼嫩的新芽，在泛着黄绿色温和的光，在静静流淌的时间中缓缓舒展，湿润的空气在我略带绒毛的小小的身子上洒下细细的水珠，无法抑制地那一股股生长的冲动在我细小的叶脉中搏动着，肥厚丰盈的叶肉让我的灵魂因充盈着水分而感到富足与安详。

阳光透过窗，再滤过那罩着我的厚厚的玻璃器皿，冷冷地在我身上辉映。桌面上安静置放着不同大小的试管与烧杯，铁架台投下细细长长好看的身影。各种精心编号的试剂瓶，五颜六色的液体。你双手戴着紧紧的白手套，拿着放大镜便整个头向我凑近，我有些害怕地往后缩了缩，放大镜后你那只好奇的眼睛因光线的折射扭曲而显得狰狞，像孩子目不转睛地端详小蜗牛的触角一样，你仔细打量我每一寸还称不上枝叶的小骨骼与嫩芽。当我正因此而感到羞愤时，你温柔地拉过身边白裙子的手，你说，看，它就是我们的儿子。

于是，我看见一汪清澈平静的眼睛。

而体内那热热的冲动又一次顺着筛管导管一直蔓延到了末梢。

正如你说，我是你们的儿子。

我那密密麻麻的神经纤维有着和你们一样的结构。我能依稀记起我曾被浸泡在各种营养液中，在不同的试管中转移沉浮，透过显微镜在你炽热的目光下，肆然地分裂衍生。就像日夜苦思冥想伏案工作的作家偶尔会通过文字游戏来调剂枯燥的生活一样，你是一位科学家，她是你的助理，你每日小心翼翼地与冰冷的玻璃器皿打交道，你计算着，思考着，追逐着事物的真谛，某日你突然的灵感，便创造了我，我是你和她的结缔组织与红玫瑰细胞艰难的融合，是生物界动植物体的奇迹。

此刻你看着我，喜形于色。

她则微微俯下身，手指触碰桌面，轻轻地吻了玻璃罩。她的呼吸使玻璃罩上蒙上浅浅的白雾，继而白雾慢慢氤氲开，慢慢消失。

日子缓慢安详地走过，你和她认真记录着我成长中的每一项变化。我稚嫩饱满的幼芽早已褪去，取而代之的是深绿清幽的叶子，笔直的枝干，骄傲的刺。但这种跨族界的融合让我感到尤为痛苦，我以植物的躯壳存在着，我通过叶片上的气孔均匀地呼吸，我贪婪地吮吸阳光、进行光合作用，而我体内那作祟的思想常让我感到躯体的禁锢，尤其当我的茎秆与枝叶簌簌地生长时，我想伸伸腰，动动胳膊，跑跑步，却总是无能为力。

不时你也会若有所失地看着我，手上拿着笔记本，那上面详细地记录着我的第一片叶子怎么从刚开始的一厘米慢慢地长大。你忍不住用食指敲了敲玻璃罩，嘿，儿子，你动一动。

我就这样看着你。我知道你希望我能呈现一些不同于普通玫瑰的特点，让你能以此作为项目的佐证，从而可以立项并申请到项目经费，但我在外形上的普通让你很沮丧，而你日日的观察记录却也未能发现我是一株有思想的玫瑰。

当我长第四片叶子的时候，在实验室你吻了她，你的嘴唇轻抚她的眼睑。我看到一滴晶莹的泪从眼角缓缓而下，如我清晨叶尖吐的露珠一般。突然她双手紧紧环住你的腰，头埋在你的胸前嘤嘤地哭。你的双手垂在两侧，你低下头亲吻她的头发。很快她又推开你，毅然离开了这个干净整洁近乎冰冷的实验室。在跨出门之前，她曾回头看了我一眼，眼里满是怨恨。

你小心地把我从桌上取下来，抱在怀里。

你开始哽咽。

你努力把痛苦压抑着，我在你怀中，随着你的低声啜泣而微微晃动。

一周后，你结婚了，新娘不是她。

紧接着，你的科研项目申报成功，你的事业风生水起，你穿着名贵的西装，开着奢华的小轿车，载着你那富贵的太太穿梭在城市密如蛛网的大道上。

而我仍待在冷清的实验室里，已经很久没有人来记录我的生长情况了。我努力地积蓄力量含苞待放，我那血一般鲜红的花瓣早已长成，花苞饱满得似乎随时就能迸裂出热烈的情感，在实验室那高高矮矮整齐排列的玻璃器皿的映衬下，我浓烈的颜色显得是那么不合时宜。偶尔我也会想起曾经的那双清澈的眼睛，想起她离开时的怨恨，然后不寒而栗。

这时，实验室的门徐徐地被推开了。

我有点害怕看到即将会发生的事情。

你绅士地伸出右手，左手放于腹部，微微俯身，做出请进的姿势。一个浓妆艳抹的女士踩着极高跟的鞋小心地踏入，后面还跟随着几个身着正装一脸严肃的人。若有若无的顶级香水味在空气中弥漫，修长的双腿被黑色撩人的丝袜包裹，彰显富贵的貂皮与皮包，鲜红欲滴微微上翘的双唇，夸张的眼影后是一双半眯着的眼睛，不屑与凛冽的眼神。如果我可以，我想像人类一样揉揉眼睛，因为我认出了她，是的，就是她。但是，现在她已是你的上级，来考察你的实验室。她熟悉地走向我，停顿了一秒，正欲转向其他方向，你轻轻地拉住她，又因觉得不合适而放开手。

你说，李女士，这枝玫瑰……你带走吧。

我诧异地望向你，你的眼睛里有说不出的悲伤与怜悯，你是在希冀能挽回什么吗？她不屑地冷笑，妖娆妩媚地俯身，继而玻璃罩上出现了性感的红唇，从某个角度看，那鲜红的唇印正好覆盖于我的花蕾，好似已经绽放的玫瑰。

她站直身子，隔着空气用指尖去触摸她的唇印，接着触摸了我的玻璃罩、各个试管烧杯，干净的铁架台，安静的酒精灯，每一样她曾经在这工作时会触摸到的物品。

代我向你爱人问好。

一句话便冷冷地抛给了你，你沉默地看了看我，又看了看她。然后瞬间脸上便堆满了谄媚的笑，眼神里那些真实的东西荡然无存。那是，那是。你应和着，自然地把她引向另外的方向。很明显，她注意到了你的变化，她回头，然后回应地微笑着，气氛很和谐。

终于把所有人送走了，你脱下外衣狠狠砸在地上，面无表情地扯松领带，拖着疲惫的身子坐在角落使劲地抽烟，想着她的一言一行，想着刚才的你们。岳父的电话打了过来，你盯着那闪烁的手机屏幕，最终还是不情愿地按了通话键，刚才那个颓废的青年似乎不是你，电话里你的声音沉稳有力，你带着笑意轻松自如地向岳父汇报今天这边的情况，接着你抬起手腕看了看时间，答道，诶，好嘞，我马上就到。

你用脚踩灭了烟头，你的皮鞋锃亮。你整理好领带，从地上捡起外衣，掸了掸上面的灰尘，匆匆穿上，正欲出门，只听砰的一声，你不小心带着了我，我直直地从桌上摔了下来，玻璃罩全碎，我也从中折断，玻璃划破了我的枝叶。你迟疑地看了看表，今晚的饭局很重要，已经来不及了，像当初她的离开一样，你也毅然地走向了夜色。

车听话地叫了两声，接着是马达的轰鸣，你的车便消失在了城市夜晚的灯红酒绿中。

川流不息的车流，人们用车辆冰冷的外壳打着照面，没有谁会去注意车中那一个个落寞的灵魂。黄灯，你赶时间，油门一踩呼啸而过，红灯亮的那一刻，如同空间的落差，车流的暂停与启动，十字的交错。在五光十色不断变幻的霓虹灯下，你也许一辈子也不会知道，在你刚踩油门的那一刻，你身边停下的那辆轿车中，坐着一位刚哭过的少妇，也许泪水曾弄花过她的妆容，但此刻她仍一脸精致的浓妆，驾驶座上是一个富态的中年男人，爱怜地握着她的手，也就在这停车的间隙，她闭上眼轻轻地靠在他的肩上。

她想着那枝欲开的玫瑰，她想着他的诡媚，她想着当初他擅自"相忘于江湖"的决定。

城市的火树银花总会让人迷乱。

而我，夭折在我即将绽放的季节。

我闻到了血腥的芳香，我惊异地看到我的伤口汩汩流出的鲜红的血液。这就是我的独特之处啊，如果你和她能早发现，会不会就不用分开了？可是，现在已经晚了。

我知道明天你就会看到。

玻璃的碎片安静地折射出异样的光，唇印完整地保留着，静静地躺在我身边。

实验室里每一样冰冷的器皿都为我无声地追悼。

我想说，上帝，你好，我来了。

点评：付琼

小说围绕第一人称的"我"——一株有思想的玫瑰为线索，讲述了男女主人公一段感情的破裂及各自人生的变化。故事的时间和空间封闭而狭窄，视角也仅限制在"我"这株在试管中不会移动的植物身上，伴随着"我"的出生到"我"的夭折，男女主人公经历了从当初单纯的、有梦想的情侣到如今虚假、冷漠、随波逐流的分飞燕的转变。故事精巧而凝练，读罢不禁令读者思索，是什么改变了曾经的"我们"，或许是人生中遇到的那一段不情愿的婚姻，或许是冰冷的社会现实，又或许是无声的时间以及夜色的流动。然而，世间的所谓"变"的背后，也定隐藏着无数流泪的灵魂。

  小说语言整散运用自如，体现了作者娴熟的驾驭语言的能力。特别是第一人称视角，为整篇小说的叙述带上了浓厚的内心独白以及抒情的气质。小说的不足在于，故事情节缺乏主要着力点，一定程度上削弱了小说的深刻性与异质性。

方镇的故事

杨璎珞

一

方镇是一个依山而建的南方小镇。不浪漫,除了破旧,还是破旧。

沿着黄土地的山路往山上走,炽热的阳光灼烧着贫瘠的土地,两旁因干旱而略显枯黄的玉米偶尔在热风中摇动,扁长而带齿状的玉米叶与簌簌落下的玉米穗让人感到皮肤的疼痛与瘙痒。从山上往下望,便可以看到小而拥挤的方镇的街道,如同年久失修的老屋,房檐上积满灰尘的蛛网,灰色小方块像因绝望而放弃挣扎的昆虫,被牢牢地黏在蛛网之上。

她说,真他妈是个鸟不拉屎的地方。

她说这话的时候,是 1992 年的夏天。那一年,是计划经济到市场经济的转折点。

她叫言,曾是一个带有世俗气息却又有所讲究的风尘女子。

没有人知道她是哪里人,但她在方镇经营着一家小小的麻将馆。红砖砌的小房子沉闷地守在路旁,长年门户紧闭,从窗户窄窄的缝中能透出一丝灯光。不远处一棵有年代的老梧桐像一个贫穷而让人厌恶的酒醉老头在倚老卖老,肆意伸展着自己关节粗大的枝干和绊脚的根，在夏天投下潮湿甚至显得阴森的树影。路上除了伸着舌头晒太阳的狗，几乎没有行人。偶尔能和着梧桐树叶哗哗的声响听到屋内搓麻将的哗哗声，偶尔一句大声而欢快的"和了"便能引起屋内一片笑语与争论。

那年，娴三岁。

每天早晨，娴就会被言一巴掌打醒。

言说，小杂种，你要老娘伺候你啊？

说完言麻利地给娴穿上衣服，给娴梳头扎头发。娴总是木讷地看着屋内两张方桌上放着麻将和扑克，八条长条的椅子横七竖八地乱摆着，地上有各种瓜子壳，糖纸，饭粒，烟头，口痰，不小心摔碎的杯子。不时言会扯疼娴，娴的头偏了偏，言便从后面狠狠推一下娴，她说，给老娘别动。

渐渐，打麻将的人们就来了，娴抬一张小凳子坐在麻将馆的门口。言开门，看见娴瘦小的背影，一脚就将娴踢了个趔趄，她倚着门，有气无力地说，你在干啥？去帮你王叔买包烟。而一个油光满面的男人也探到门边，手挽住她的腰，掏出钱递给娴，笑眯眯地说，去给叔叔买包烟。

呸！娴接过钱，朝地上吐了口水，沿着街便跑了。

她不会就拿着钱跑了吧？男人一边问，脸一边凑了过来。

她冷笑说，小杂种，我量她没这个胆。

娴买烟回来，借着屋内昏黄的灯光，看见桌子底下男人和女人的腿纠缠在一起，而言正跷着二郎腿，吃着瓜子，手拿一张贰万犹豫不定。娴将烟和找的零钱递给她，说了句"恶心"。她说，你说什么，小心我撕烂你的嘴。娴转头看向那个头发微乱、丰满的女人。我说我恶心。娴不服气地又说了一句。桌子下的脚早已分开，丰满女人用手指将自己的牌轻轻推倒，她高而宽的垫肩切割了娴的目光。似乎还带有中午饭油腻的嘴唇一张一合，笑吟吟对言说，看她尽学你，就一张下三滥的嘴。

言将牌推倒又重新立起，玩牌就好好玩，小杂种你多什么嘴，还有你，哼，言冷冷地说，你的嘴也好不到哪儿去。

二

言闭着眼坐在梧桐树底下，蓬乱的头发随意散在肩上，穿一件新的宽大的涤纶衬衣，略紧身的黑色健美裤，双腿分开男人一样地靠着树扇着蒲扇。树枝上晾着的一些女人的衣服滴滴答答地正在滴水，斑驳的光斑在湿湿的衣服上晃动。娴低着头认真地在言的发丝间寻找着，发现一根银色的头发，一手轻按发尾，另一手将其拔起。

言问，你想上学吗？

娴说，不想。言在娴的腰上狠狠掐了一把，疼得娴嗷嗷直叫。

娴说，那我上呗。言又在娴的腰上狠狠掐了一把，她说，上什么上，老娘没钱。

1996年，娴进入了方镇的一所小学读一年级。方镇逐渐有了电视，街坊邻里常常津津乐道地谈论着某个电视剧剧情，街道也比以前热闹很多。言关了麻将馆，将房子翻新过，开了小卖部，比起麻将馆，家里一下冷清了许多。

中午，顶着方镇火辣辣的太阳，饥肠辘辘的娴从学校一路跑回家，门却从里面锁着。娴敲门，打门，踢门，骂着从言那儿学来的各种脏话。邻居一个好事的大婶一边织着毛衣一边走了过来。门反锁了？呵，等她完事就来给你开门了。×你妈！娴捡起一块石头边骂边丢了过去，好事大婶骂骂咧咧地躲开，自讨没趣地离开了。而她饱含深意的笑声在娴的耳畔萦绕了整个夏天。

梧桐开始落叶了。娴放学回来看到言在镜子前发着呆，娴问，要我帮你拔白头发吗？

不用了，太多了。

小小的娴第一次从言的话里听出了苍凉。

娴小学毕业，是在2002年。言说，你去读县里面寄宿的初中，我打算今年和你王叔结婚。语气绝不是商量。

娴洗着碗，想到了那个一脸油光、已显老态的男人，双手便在围裙上擦了擦。说，可以。

这一年，国家实行退耕还林政策。言的砖红色小房子的墙上，刷上死白的底色，印上大大的红色的"退耕还林、封山绿化、以粮代赈、个体承包"。

在娴去学校之前，言曾带着娴去了山上。由于前一天方镇恰巧下了雨，上山的路尤其泥泞，言和娴的鞋都脏了，裤腿上也都是黄色的泥点。山上雨后温润而清冽的空气让身子单薄的娴感到微微的寒冷与不满。上山路的两旁早已不是绿油油的玉米地，有很多荒废了的土地长着刺啦啦的杂草，还有一些土地种着高高矮矮参差不齐的小树苗，树苗与树苗之间露出大块大块死黄的泥土，像极了皮肤上的牛皮癣。

在山顶，两人在一块干净的石头上坐下，山上的风轻轻吹乱两人的鬓发。整个方镇尽收眼底，恍然间，言觉得像是在看电视，那么近，却又不可及。偶尔会有一辆汽车在方镇不宽的街道上驶过，在山上听不见声音，但言仿佛已经闻到了汽油的香味。

而娴出落得和言越来越像，举手投足间都有言的影子。她抱着胳膊，不屑地看着言，有什么话就快说，在这山上吹什么冷风。

小杂种，这么说话，老娘白养你啦？

他妈的！你现在知道也不晚。娴说完，便下了山。

言看着娴的背影，恨恨地吐了一口痰。眼眶却渐渐湿了，最后竟号啕起来。山下的方镇依旧是一个闭塞破旧的地方，前不久新建的四层楼高的银白色百货大楼蓦地显得很突出耀眼。

三

言结婚了。

很多麻将桌上认识的朋友都来捧场。那个丰满的女人做了一头大波浪，化了浓妆，递上礼钱，手指上是金灿灿笨重的大戒指。她说，哟，怎么就结婚了呢，没生意了吗？言也笑着答复她，这不生意都被你抢了去了吗？

两个女人挽着手欢快地笑了。

言的婚礼娴没有参加，学校开学了，当婚宴的礼炮响起时，娴正坐在教室里和同学们摇头晃脑地读着第一课《在山的那边》：

……山那边的山啊，铁青着脸，给我的幻想打了一个零分……

娴想到了山那边的方镇，想到了那棵老梧桐与老屋，但言的脸却怎么也想不起来。

周末，娴坐半天的车颠簸回家。已到晌午，娴兴冲冲地进屋，言的男人光着膀子正在叠被子，看到娴，眼里有一种让娴抵触的猥亵。他接下娴手中的行李，顺势在娴的手上捏了一把，说，娴回来了。娴笑着打量着他，问，言呢？

你们在干什么？言拎着从街尾买来的早餐，进门近乎失声地尖叫。随即所有早餐都摔打在娴身上。豆浆顺着娴的头发滴到衣上，再滴到地上。男人拉住言的手，连声解释。言冷眼看着娴，在学校好好的，你回来干啥？

你管我。

老娘还不能管了?！言挥手就给娴一记耳光，你他妈就一婊子。

跟你学的，我他妈就是婊子！娴拿上自己的行李，转身，出门。那棵梧桐枝繁叶茂，在阳光下投下厚厚的暗影，树荫将整个红砖房都包含了，娴走出门，一点一点走出树影，阳光从脚下蔓延，爬上娴刚刚开始发育的身体，爬进娴的眼，爬过娴的头顶。娴向四周看了看，一株黄色的小花在墙角静静地绽放，身后，传出争吵与咒骂。

四

2005年夏天，娴初中毕业，成绩差，没考上高中，便回到家来整天无所事事。言并没给她好脸色。

一日，言早早就出了门。娴躺在床上，天气闷热，娴穿得很少，言的男人推开了娴房间的门，一只手捂住娴的嘴，另一只手扒下娴的衣服，在娴反抗的时候，她突然莫名地想到了言，她想，言应该是恨自己这样的。于是，她的身子软了下来。她看到了那双骨节宽大的充满情欲的手游走在自己身上。

娴听到了门被轻轻推开的声音，听到了脚步声，待她回头看的时候只见言离开房间的背影，以及言又轻轻地带上了门。娴推了推气喘吁吁的他，说，言看到了。

他深深地吻下娴的锁骨。说，我不懂她，我看着她进来，但她示意我不要停。

娴恶心地推开他，匆匆穿上衣服，跑了出去。

言背靠着梧桐，直接坐在地上，怅然若失。娴拍了拍她的肩。

言问，做完了？

娴点头。

言又问，你就这么想要他？

娴摇头，是他强奸我。

言不信地冷笑，我让给你。

那天的方镇被阳光刷得惨白，茂盛的梧桐叶尖似乎在跳动。娴没料到言的反应是这样，她感到些许寒意。

你知道我今天去干啥吗？言眼神空洞地望向前方，她说，我去学校给你交了学费，9月开学你就可以去读高中了。

五

某一天，言割腕自杀了。

她将头发精致地盘在脑后，化上淡淡的美丽的妆容，她穿着合身的旗袍，身上散发出特有的香水味和割腕后的血腥味。

她在自杀前，已处理好所有的事情，她已离了婚，将自己所有的积蓄给了娴。她没有写遗书，她就像风一样无声地来到方镇，最后又无声地离开。没有人知道她从哪儿来，人们也很快会忘记她叫言，忘记她曾是一个带有世俗气息、却又有所讲究的风尘女子。

而娴没有掉一滴眼泪，她想自己是应该要哭的，但又宽慰自己说自己是讨厌言的。

娴最后没有去上高中，她接手了言的小店。小店的生意很冷清，她时常在想要不要重开麻将馆，最后她竟然发现其实她很喜欢人声鼎沸和搓麻将时那哗哗的声音。

那个夏天，方镇异常地干燥，滴雨未下，已忘了年岁的梧桐绿而大的叶逐渐枯黄，最终整棵梧桐干涸而死。在炎热的夏天，枯死的树光秃秃的枝干直戳天空。

那是2005年的夏天，娴，不过16岁。

点评：董丝雨

小说从另一个角度诠释了人世间最不可割舍的关系——母女关系，娴是言生的，即使她们再彼此厌恶，也无法改变她们彼此相爱的事实。小说中，娴没有叫过言母亲，言也没有在生活上尽到一个做母亲的责任，这是一对"奇怪"的母女，会彼此谩骂，彼此报复，但是终究抵不过天性，两人还是用一种极端的方式互相爱着，即使这份爱在对方眼里其实是"讨厌"的意思。言为娴交学费，将毕生的积蓄留给她，娴在言死后仍旧经营着麻将馆，用搓麻将的噪声怀念着母亲。爱的对立面不是恨，而是冷漠，娴和言自始至终从未彼此冷漠过，也许她们都太缺乏安全感，才会用极端的方式表达自己。

  小说开头对于方镇的描写很精彩，将方镇的街道比喻成"年久失修的老屋，房檐上积满灰尘的蛛网，灰色小方块像因绝望而放弃挣扎的昆虫，被牢牢地黏在蛛网之上"，生动贴切，又十分新颖。美中不足的是，娴和言之间为什么用"恨"来代替爱没有交代清楚，使得小说读起来没有那么打动人。同时言的死也很突兀，缺乏必要的铺垫与交代。

脚崴

柳 迪

　　距离开学还有一周时，我的脚崴了。在去同学聚会的路上，下马路牙子时踩空了。那一瞬间韧带撕扯的疼痛逼我叫出撕心裂肺的声音，然后跌坐在台阶上，眉头紧皱，倒吸凉气，苦等那阵剧痛过去。在打给家里的电话里，我不理会妈妈让我立即回家冷敷的要求，坚持让爸爸开车送我去了同学聚会，只是喷了点云南白药。

　　晚上回家后才开始冷敷，我虽有沮丧，不能去打羽毛球，不能再出去见同学，却并不恐惧。这已是我第四次扭伤，前三次集中在三年前的初中，印象中那时并未给我的生活造成什么影响，应该是很快就好了。看着脚踝如我所料地肿了，我并不担心，离开学还有一周，足够了。

　　从第二天开始，我除了单脚蹦着去卫生间，去餐厅，其余的时间全部在床上看书，想东想西。一会儿坐着，一会儿斜靠着，一会儿趴着，一个姿势累了就换另一个姿势。心中十分郁闷，所有计划都打乱了，原本计划最后一周努力练习羽毛球，一整个寒假都没怎么认真练习；原本想和妈妈去看期待已久的电影；原本想要做的许多事情一下子全都做不了了，生活突然就变成了终日在床上待着，我越想越烦躁，唉，算了，不想了，就这样吧。

　　第四天早上起来，我开始有些紧张，想要去医院，看看脚是否有大问题，问问如何能快点恢复。爸爸说，去医院也就那么回事，让你拍片子，让你好好休息，还能怎么样，脚扭了又不是什么大事，养着就行了。我坚持要去，而扭伤的那只脚还无法落地行走，妈妈去买了副拐给我。把拐夹在腋下试着走路，每一步都感到腋下狠狠地疼，每走一步都停下来缓一缓，眉头紧皱，重重地喘气，抬头看见往常可以轻松走过的一段路，现在于我而言漫长又艰难。路人从我身旁一个又一个地走过，我已无心在意他们的目光。在医院里，爸爸租了辆轮椅给我，我以为坐上去就是解脱，可以不费力气轻松前行，谁知坐下的一瞬间，一股绝望涌上来，好像我真的残废了，再也不能用自己的双腿。从拍片子的结果看，脚没有任何问题，那就好好休息吧。

又过了两三天，我开始带着护踝小心地下地，轻轻地挪动每一步，午后出去晒晒冬日里珍贵的阳光，心情就在一会儿沮丧一会儿飘着希望中来回摇摆。

临到开学，脚仍不能自如地行走，便向班主任请了假，退了火车票，重新订了一周后的。

开学，还是不可避免地来了。同学帮我拎着箱子，我低头不语缓慢地走在校园的热闹中。开学，生活和上学期变得很不一样。每一步，我都走得极为小心，一步，一步，一步，移向卫生间，再一步，一步，移到盥洗室。更不要说去最远的教一上课，好像上西天取经似的，生活节奏被迫降得很低。

上学期的我精神十足，每日早起，大步流星地冲向食堂，再迅速赶往教学楼自习。而现在却懒于早起，疏于珍惜时间，终日情绪不高，时而极为消沉。我不再去自习，晚上下课后直接回宿舍上床休息；我不再去商店，买东西打饭都拜托给同学；周末也不再去做志愿者工作，我在床上看书，发呆。我默默地看着室友们兴高采烈地去春游，门砰地关上后，宿舍里一片寂静，我低下头开始看书。门又砰地打开，她们回来后，仍叽叽喳喳地回味着白天的快乐,我默默地低下头继续看书。

即使将我必须走的路压到了最少,每天晚上回屋时脚仍然在疼。脱下袜子,看着脚踝比早上起来时更肿了一些,心都要碎了。闭眼靠在床上轻轻呼吸,室友们的谈笑风生从耳边滑过。每天三趟去盥洗室擦红花油,怕味道太重影响大家。

那天,在心烦意乱中上了床,寂静的夜里,不安的情绪泛滥。已经五周了,脚为什么还不好。和前几次扭伤没有什么不一样啊,为什么这么久还不好,到底还需要养多久。这次会不会落下什么大毛病,是不是应该再去医院看看。还有那么多书要看,那么多作业要做,每天在宿舍里看书非常没有效率,常常和大家聊天。想着想着,眼泪已涌了上来。想回家,不想上学,想妈妈。

在电话里,妈妈讲她的脚也扭了,她立即回家冷敷,冷敷了一天。扭的一瞬间也非常疼,但过了两天就好了。一番话令我十分懊恼,如果当时我没有去同学聚会,而是立即回家冷敷,现在的情况会不会不一样?可惜没有如果。

时间一天天过去了,所有人都知道我脚扭了,这样的对话重复了一遍又一遍:

"腿怎么了?"

"脚扭了。"我苦笑着说。

"怎么扭的?"

"踩空了。"

"严重吗?去医院看过吗?"

"拍过片子,没什么大事,就是需要休息。"

"噢,那行,那你好好休息吧,小心点啊。"

书上说,病人的情绪对病的恢复至关重要。每天早起,我努力用微笑打开不自觉想皱起的眉头,跟自己说,脚会好的,要小心,也要耐心,要开心,要坚强。

有一天,室友问我辩证法里的矛盾是什么意思。我笑着说,通俗地说，就是，凡事都有两面性。比方说，早晨我想睡懒觉，但起得晚食堂就没饭吃，要想有饭吃就不能睡懒觉。她也笑了，说，有没有极端点的例子？我想了想，认真地说，比方说我脚崴这件事，是一件坏事，给我带来了极大的麻烦和极其沮丧的心情。但没想到的是，它也有有益影响。我因此不去上自习，在宿舍里和室友共度的时光增加，大家的感情加深。而且，经历脚崴，我变得更坚强了一点，也更深刻地理解了一些道理。人在做选择时必须遵守原则，而不是贪图享乐或好面子。错误的决定有可能带来深远的严重影响。还有，健康对于一个人是最重要的，除此之外，其他事情都不值得你太过忧虑，尽量看淡一些。

点评：王玉琳

抛开事件的书写价值不谈，本文对于"脚崴"这一生活小事件做全面、细腻、深度的描写是文章显著的闪光点。从事出有因（为同学聚会而错过疗治时机），到不以为然（以为不久便会痊愈），到意识到事态严重（迟迟不愈影响生活），直至最后在漫长的等待中领悟了自己的过错，并由此学会释然建立起全新的积极姿态，作者在对整个事件的描述以及个人心态的表述上是有逻辑，有想法的。

与此同时，本篇习作的一个小缺陷就是对书面语和口头语的使用不太恰当。如果说"马路牙子"、"买了副拐"这种词组尚能达到口头语在文章表达上独有的效果，那么在其之后加上"一瞬间韧带撕扯的疼痛"、"往常可以轻松走过的一段路，现在于我而言漫长又艰难"这样显然较为书面的语句，难免使阅读变得不那么顺畅。而类似"唉，算了，不想了，就这样吧"以及"跟自己说，脚会好的，要小心，也要耐心，要开心，要坚强"这样的心理独白，写进书面作文里是不是还可以进行一些调整呢？

从整篇文章的立意来看，出于女生独有的细腻心思，作者在回顾整个崴脚的事件时能"瞻前顾后"、"忆苦思甜",并且以小见大地阐发出领悟了的道理,甚至带有一些哲学意味,也是我们值得学习的。

方镇的故事

芽

王文启

　　我是一颗种子，至少在开始的时候是，仅此而已。

　　我并不知道我生从何来，而又将去向何处，但我听过前辈们的故事，来自造物者的描述：

　　"它们卑微渺小，被埋在岩石和贫瘠的土壤中，为了生存拼命生长，它们经历了十不存一的挤压，遇到过摧毁一切的焦渴，为了仅有的生机而互相争夺。最后，赢了的长成芽，看见了明亮的阳光，拥有茂盛的希望；输了的化为齑粉，在贫瘠的岩石中变成胜者的给养……你想成为茁壮的芽，在阳光下生长茁壮，还是输了的粉，甘心为别人供养？"

　　"我想赢！"

　　"赢！""我要赢！"……耳边突然响起此起彼伏的呼喊，我才知道，原来我的身边，有这么多与我一样的种子！

　　"那就开始吧，创造只是一瞬间，我与阳光同在！"造物者的声音消失了。

　　……

　　寂静，足以令你发疯的寂静。黑暗，让你怀疑是不是失去了自己的眼睛。

　　等等！这是什么声音？

　　"簌簌、簌簌""嗖嗖、嗖嗖"……

是别的种子，我听到别的种子，它们在努力生长！

我想起来了，造物者说过："胜者拥有阳光，拥有茂盛的希望！"

于是我也开始奋力生长，但这并不容易：岩石狞笑着一次次挤压着本就狭小的缝隙，土壤吝啬地一点点收回着本就不多的营养。不断有瘦弱的种子被压碎致死，它们的惨叫让岩石震耳欲聋的骇人的笑更加可怖，它们的血液让本就生涩贫瘠的土壤更难以下咽！而我，还只是一颗种子！

这地底的道路，似乎没有尽头。表皮因粗糙的环境而被磨伤，我的血液和着别人的血液，给这吝啬的土壤添上妖异的味道；双眼因刺心的疼痛而流出了泪，我的泪水和着别人的泪水，给叫嚣着的岩石披上斑驳的挂彩，胆怯的种子早已被碾为无物，什么时候才能罢休！

"流了这么多血，还不痛？""是啊，眼泪把身体打湿了，还不想放弃？"耳边是令人愤怒的岩石和土壤，奸笑着逼问剩下的我们！

犹豫的种子，在犹豫一刻被无情碾碎；而我的耳边，造物者的声音犹在——"见到阳光，就有了茂盛的希望！"

管你痛楚蹂躏，哪怕虐待折磨——"我想赢！"这是我用喉咙中最后一丝力气，喊出的一句话，之后我的耳边被岩石和土壤狂放的笑声淹没了。

……

我应该是昏过去了，因为我醒来后，发现自己还活着。

岩石和土壤或许因为刚刚的一击也累了，但鼻尖的血腥气，却浓烈到再也化不开。

我想活下来。所以我用最后的力气，流着血和泪向上生长，我想不用多少距离了。

耳边是苏醒的岩石，身畔是惊讶的土壤，它们看着我，愤怒而无奈!

苦难折磨,能奈我何!

应该是最后的路程了,土壤变得肥沃,血腥气开始稀薄,岩石在松动,我的视野出现了模糊的线条,我的耳畔消减了敌人的狞笑!

追那一束光,追那一束光!

之前流出的血和泪不重要了,因为我终于破开了最后一层干硬的土壤,伸展开我作为一只芽的新躯干,耳边是造物者欣慰的声音,浑厚如大吕黄钟——

"生命若不是现在,那是何时?"

点评:王芳丽

作者以一颗种子自喻,细致地描绘了作为一颗芽冲破地表,追求阳光的全过程。展现了一颗种子在生长的各个阶段的心理状态和精神风貌,其间强烈的求生欲望和永不放弃的精神使整篇文章散发着勃勃生机。全文采用拟人的手法,赋予种子以人的心态,并且为土壤和岩石也安排了各自的角色,成为与种子对立的一面。这种角色的设立使得自然生长现象好似一场没有硝烟的战争,感情色彩浓烈激昂。文章还运用象征手法,把希望比作造物主并且贯穿始终,种子受到造物主的鼓励而奋发向上,追求阳光。作者托物言志,借一颗种子的顽强生长,坚忍不拔,表达了自己生命不息,奋斗不止,敢于追求梦想的决心。最终,种子冲破黑暗,沐浴阳光,也体现了作者对美好未来的展望与自信。文章语言的应用非常娴熟,善用修辞,描写生动形象而富有生命力,展现出动人的语言魅力。

略感不足的是,作者在写"芽"所遭受的困境时有些雷同,几层考验全都是来自岩石和土壤,就连它们的话语和面容也是一次次重复地描写。不管是种子的生长还是我们的人生,都会经历各种不同的磨难,因此描写过程中一定要尽量开阔视野,层层递进,注意描写不同方面的阻力,创造出更多生动的自然形象,这或许能为文章增色不少。

农家乐

宫紫天

车子开下高速公路，经过一小截弯弯曲曲的"村道"，便被一群举着纸牌子、挤挤挨挨的妇女拦住了去路，又是招手又是拍窗，那热情仿佛是迎接一位衣锦还乡的发小似的。再一看，每个纸牌上都用粉笔石墨之类写着"草莓"、"香瓜"等，歪歪斜斜却又格外醒目，看来这座离省城不远的小村已经把采摘产业化了。

一个骑三轮摩托车的老头挤到前面，热情地叫着："师傅，你约好了吧？就是我们家，姓范，是吧？"我们一想，那天看到的传单上好像是说经营采摘的人姓范，正要跟他过去看个究竟，几个年轻妇女急忙把车拦住："师傅，别听他的，我们一村都姓范。"

还没进村就被摆了一道难题，不觉惊叹于商业的伟力，这些依然靠泥土谋生的人们，眉宇间竟多了商人的狡黠。

唯一的解法便是随意跟着一个看上去挺实在的"农民女导演"进村，她晒得黝黑，穿着一身起了球的运动衣，没一会儿，却掏出个除了没有"苹果"标志外简直可以乱真的山寨手机，即使听不懂方言也知道她在联系客户。几通电话打完，她摸出记事本，边走边打几个勾勾。标准的农民外表，标准的职场白领式风范。

正是午后，慵懒的阳光照在黄土路上，路旁是因日久而泛着灰黄的砖瓦房，墙上有着旧对联留下的斑驳痕迹，杨树叶的影子，随着风在土地上缭乱着，一条土狗趴在路旁，看着摇曳的光影发呆。

"你们家都种什么水果?"我们问。

"啥都有。"那妇女这句"豪言壮语"说得分外羞涩,商人的干练没掩饰住固有的朴实。出了村,便看见一溜大棚,一个三十多岁的男人眉开眼笑地冲我们挥手:"来我家错不了,全村就属我家的瓜棚好。"

那妇女显然是这个男人的妻子,旋即折返回去了,男人带我们钻进热得闷罐似的大棚。

"随便挑,挑大的,皮儿泛黄的。"他自告奋勇帮我们挑,然而经了刚才这一遭商业化的轰炸,大家都狐疑起来了,这个身材粗壮,穿着染了颜色的工装裤,耳朵上还夹着一根烟的壮年农民,说不定早已进化成了城市里精明的商人。

他一手托着两个香瓜让我们看,大家有些犹疑地准备伸手,"啪"一声,他把一个瓜掰成两半。"嗨,瓜甜不甜,尝尝就知道了。"

大家仍有些犹豫地嘬了几口,好像还不赖。

"再吃几个,天这么热。"他胡乱在衣服上擦擦手,又去拿几个瓜。

"那个……要多少钱?"众人愈加疑惑。

"咋会要钱呢?"他怪异地看了我们一眼。

大家有些尴尬地吃着瓜,他自顾自地讲起自己的奋斗史,种地,进城,又回来种地。

末了他说:"还是自来摘好,我们省工省力,挣得还多。"说完,他盯着自己那两只严重变形的手发呆。

我们挑了几个瓜,他麻利地称好,又拉我们跟他的"瓜王"照相,那香瓜真叫大,像个小足球。

"你怎么养的,长那么好?"大家惊奇地问。他得意地笑笑,豪爽地说喜欢尽管拿去好了。

他送我们出村，微风吹在静谧的绿田上，很有一番"走在乡间小路上"的感觉，田间的大喇叭，用方言广播着什么。

"你就这一个孩子？"他与我母亲聊天。

母亲点点头。

"哎呀呀，那这个娃娃真好活呢！"他艳羡道。母亲称赞说："现在村里搞起了农家乐，你们也好过吧。"

"也好，不过也不好，人来太多，村里都变……"仿佛察觉到自己失言，他闭了嘴。

村口，一群妇女仍在招徕顾客，其中还夹着"姓范"的老头。他的妻子见我们出来点了点头，手里仍拿着"苹果"手机。

落日的余晖里，小村仍保有一丝野趣与田园风味，或许这就是"转变"吧。

点评：王芳丽

作为小说，对人物和环境的描写真切和生动是该篇习作的两大优点。真切在于观察得细致、描写得客观，如"起了球的运动衣"、"墙上有着旧对联留下的斑驳痕迹"等表述，任性自然，不矫揉造作，值得称许。同时因为真切，所以生动，人物的动作和言语都与其身份相吻合，人与人之间的心理关系也拿捏得比较到位。加之叙事的流畅、议论的充分，使得该文不失为一篇用心之作。

需要注意的是，本文对所写农民形象和农村的变化，态度不够明朗，仿佛有些讥讽又有些赞叹，尤其是结尾"落日的余晖里，小村仍保有一丝野趣与田园风味，或许这就是'转变'吧。"一句就更让人疑惑了。这种"转变"到底指什么？作者是否拥护呢？

星　空

崔品妍

夜，在阵阵蝉鸣过后悄然而至，月光无力地向大地倾洒白光，远处一两颗忽明忽暗的星星，与月亮一起，支撑着夜。

城市的夜空是霓虹灯点亮的，这才会让那些习惯数星星的孩子时不时地想起家来。

（1）

电风扇的响声在耳边嗡嗡不停，王志蜷缩着身子躺在凉席上，汗水顺着脖颈流到腰背。他感觉自己可能下一秒就被蒸发了。

窗户全都开着，风却怎么也吹不进这三十平方米的屋子，父母都在上班，家里除了电风扇就只有王志喘气的声音。他讨厌夏天，讨厌上海的夏天，讨厌空调坏了的上海的夏天。

王志翻个身，之前躺着的那块地方已经被汗水洇湿了，手臂外侧有一道道红色的凉席印子。王志看着窗外渐渐暗下去的天空，月亮的轮廓淡淡地悬在那里，他的眼眶就湿了。他小时候很喜欢月亮，在那个落后的小村庄，没有书包，他唯一听过的故事，是外婆口中的嫦娥奔月。

外婆去世的那一年，王志被父母接到上海，火车还没怎么提速的年代，王志坐在闷热的铁皮箱里挨了三十多个小时，但手中一直捧着外婆的骨灰盒,即使是靠在父亲身上睡着的时候。

周围人疑惑地看着这个眼神固执的孩子,想要看透他或是他手中的东西。他的目光却始终滞留在窗外移动的风景上,用笨拙又不连贯的语言跟外婆解释。

我们现在坐在火车上,很抖,外面很漂亮。

我们要去上海,我不知道上海在哪里。

(2)

生活在农村的场景经常出现在王志的梦里,金黄色的麦穗,狡黠的野雀,冰凉的池塘,繁星点点的夜空还有笑容慈祥的外婆。在无数个平凡又单调的夜晚,外婆都会抱着王志数天上的星星。

坐在外婆腿上的王志,倔强地仰着头,伸出小手数星星,眼前是外婆沟壑纵横的脸,之后再是深蓝色的天空。

在那个村庄有很多像王志这样的留守儿童,经常聚在一起玩耍。泥里的小石块,池塘里的蝌蚪,谷堆边的野雀,似乎张开眼看到的一切都能用来玩。

王志偶尔会被比自己大几岁的孩子欺负,他们会抢走王志辛辛苦苦打来的野雀,会往王志外婆家的院子扔吃剩下的枣核。这时候,外婆就像个英雄摇摇晃晃地,一边拿扫帚赶那些大孩子,一边呵斥他们。

外婆会永远陪着自己,王志曾经这样天真地认为。他不知道外婆正伴随着时间一天天老去,他以为外婆是他一辈子的英雄,会永远保护他。

那一天一切都和往常一样平静,王志和一群孩子去池塘捉鱼,因为快下暴雨的关系,鱼时不时蹦出水面,王志趁鱼蹦出水面的时候用外婆织的网兜捉到了鱼。

王志用网兜把鱼缠住捧在胸前,沿着小路一路跑回去,一场暴雨骤降，把王志全身淋湿，他想着外婆看到鱼后开心地咧嘴笑的样子，步伐更快了。

他冲进门的时候外婆正闭着眼睛躺在藤椅里，他想外婆可能生自己的气了，也可能睡着了，但他不知道，外婆再也不会醒过来了。

父母匆忙赶来为外婆办了一场简单的葬礼，王志看着一张张陌生的脸庞上都是相似的表情。一个不熟悉的长辈安慰站在一旁沉默的王志，让他别太难过，说死去的外婆会变成天上的星星守护他。王志眼睛直直地看着对方，哇的一声就哭出来了。

其实人从生到死都是没有停顿的，所谓的挣扎其实都是生时的状态，有多煎熬只有当事人自己知道。而生、死作为两个相对的状态，只有结果，没有过度，不可逆反。长大以后的王志想到那个大雨天，还是会忍不住猜想外婆当初有没有挣扎过，其结果总是希望没有，不然她一定很痛苦。

(3)

王志跟着父母住在中环线附近的老房子里，那一带大都是和王志差不多的家庭。就王志住的那一栋房子里上上下下就有四户从外地来上海打工的人家，然而每年都会换上新面孔，像王志这样长期住在这里的家庭就很少。

初来上海的王志对一切都很不适应，这座由钢筋混凝土打造的城市充满了汽车的鸣响，建筑工地的噪声以及人与人之间的争执。王志不觉得这块土地有多好，他不明白这世上为什么会有那么多像父母一样能窝在那么块小地方每天工作到筋疲力尽的人。这世上为什么会有那么多人觊觎这块土地呢！

没有人能够停下脚步去回答王志的问题，他自己也还没来得及思考就被迫适应着大城市的生活。母亲带着王志办理各种手续，终于定下了王志念小学的地方，一家民工子弟学校。

开学第一天，王志背着母亲在地摊上杀了半天价买来的二十五元的书包，图案是一个脑袋很圆的男生，无辜地瞪大双眼看着自己。巨大的脑袋下面是短小的身子和四肢，王志一边想着这奇怪的图案一边跟着妈妈往教室走。

学校并不大，五个年级的学生加上老师不过五百多人，共三个楼层，走廊一端是饮水机和办公室，另一端是厕所。报到后母亲跟王志耳语几句就走了。

王志不知所措地坐在教室的角落里，周围是同样不知所措的其他同学。

班主任几分钟后走进教室，穿着白色衬衫和黑色西装裤，鼻梁上架着一副镜片很厚的金丝边眼镜。

"我叫宋远，宋——远——"他在黑板上写下自己的名字，王志在心里跟着默念了两遍，这是他进小学后第一次学会的两个字。

(4)

民工子弟学校设施远不及市区里的民办小学。没有达标的操场，没有丰富的体育器材，体育课很少让孩子们跑步，担心水泥地和劣质球鞋会伤到孩子的脚，课上总是用来练广播体操或是打乒乓球。没有音乐教室，没有专业的调音师，音乐老师让孩子们轮流唱小时候的民谣。

在物欲横流的现代都市，这是块少有的没有被物欲熏染到的地方。

宋远经常看到放学后一排学生站在饮水机前接水，王志也在其中，这样的主意总归是来自父母的。班上的学生家里条件都不怎么好，家长每天汗水浸透衣衫也未必能赚进多少钱，还要应付各种刚性、弹性消费以及动辄上涨的物价。

很少有家长双休日能带着孩子逛逛书店，即使逛了也不会买几本书。因而宋远时而自掏腰包买课外书给班上的学生看，这让王志对宋远有一种高于学生对老师的尊敬。

小学毕业的那天，王志送了宋远一张"奖状"，是自己按照自己领过的奖状的样子画出来的，"最佳老师奖"，宋远看着奖状上王志歪歪扭扭的几个字，哽咽了一下。他含着眼泪把班上的学生送出校门，走之前拍了拍王志的肩膀。

"以后要好好读书，留在上海，住很高很高的房子……"

"有多高？"

"只要你伸出手，就能够碰到星星。"

（5）

王志在市中心一家公立学校念初中，那是个被注满期待的学校，拥有媲美私立初中的设施，附近交通极其便利。就在这样寸土如金的地方，学校硬生生地占去了两个一千平方米操场大的地方，师资力量由此可见。

教学楼周围种植着各种植物，除了冬天，学校里都有鲜嫩的绿色，而过去学校的教学楼周围有的只是灰色的水泥地。王志在篮球场看到了正规的篮筐，周围几个刘海遮住额头的学长一边流汗一边练习跑篮，罚篮。初中，对于王志而言，是个与众不同的地方。

而王志，对新班级而言，是个格格不入的人。

王志的书包上没有亮丽的LOGO，课本外没有包书纸，铅笔盒外表磨损得很严重。王志说话带乡音，英文单词念得很吃力，看谁的眼神都是直直的，像是要把对方看穿，又或许是希望对方把自己看穿。

男生对王志还算得上友好，女生则躲得王志远远的，看到王志像是看到了人口贩子一样紧张。

王志觉得生活中的很多东西都变了味道。过去的女生虽然长得不算好看，但清汤挂面的样子给人的感觉很自然，现在身边不时会闻到淡淡的脂粉味。过去同学会因为王志成绩好而和他走得很近，现在同学反而因此疏远他，他们会笑话王志身上廉价的衣服，而过去大家都差不多。

同学之间的聊天内容日渐丰富，不仅仅是电视，更多的是一些现实的八卦，谁是花钱进这所学校的，谁爸是哪个地方的领导，王志一开始以为那都是同学无聊杜撰的，后来才知道那些原来都是真的。

或许同学并不是故意冷落王志，不过是他身上没有什么让人好奇的事情罢了。那就干脆不在意这些吧。王志不再刻意去融入任何一个话题，他是个可有可无的角色，名字只在考试之后才被人讨论片刻。

（6）

日子不紧不慢地过着，王志在初中已经度过了两年的时间。

初二寒假里的一阵子，父亲总是很少在家，即使在家的时候也是满脸阴沉。春节前夕，大街上张灯结彩，到处是和谐的一家三口，王志穿着不怎么合身的羽绒服在商店里找打折的复读机。他在上海七年了，看着身边一幢又一幢高楼耸立。他听说过邻居谁谁开了家小店，邻居谁谁买了房子。这样的事不知道什么时候才能冠上王志的名字。

家里一定发生什么事了，直觉告诉王志，他想找机会问父亲却没这胆量，最终还是父亲先开口了。

"明天跟爸去趟工地。"

"嗯。"

灰尘漫天飞扬的工地，大型机器运作的声音震痛着人的耳膜，几根钢筋散落在空地上，干了一半的水泥里混了许多鞭炮屑，泡沫饭盒和竹签，像是被扔了炸弹的婚礼现场。

　　父亲让王志先在一旁的水泥地边待一会儿，然后自顾自地离开了。身边几个父亲的工友，第一次见到王志，客套地嘘寒问暖，让王志浑身不自在。

　　"吃过饭了吧？"

　　"嗯。"

　　"自己想来的？"

　　"我爸让我来的。"

　　"欸呦，你爸怎么能让你来这种地方，他可真是……"王志没有注意到，工友脸上闪过一丝轻蔑的笑容，他依旧安安静静地站在原地，不时冲父亲离去的地方张望。

　　寒暄了一会儿之后，王志被一个工友带到一排临时搭建的房子外面，争吵声从其中一间虚掩着门的房间里传出，王志听出那是父亲的声音，他推开门，被眼前的场景吓住了。

　　父亲跪在包工头面前，双眼直勾勾地看着包工头夹着香烟的右手，像是个饱经风霜的老乞丐用仅有的尊严去交换生活。

　　"我说了，钱拿不出来的。"

　　"别待在这儿，带着儿子回家去。"

　　"我说王毅你再不走我就不客气了。"

　　"快走啊！"

　　父亲毫不在意包工头说的话，任凭对方的唾沫飞溅在自己脸上，只是有那么一瞬，王志觉得父亲朝自己看了一眼，仿佛诀别。

（7）

　　"你逼我的……"

父亲抬起头，目光对上包工头的轻蔑，从棉袄口袋里掏出一把擦得发亮的水果刀。

"是你逼我的！"

看着父亲毫无尊严的乞讨生活，看着包工头一脸不屑的表情，看着工友们如同看戏一般的态度，王志不知道哪里来的力量，一股脑儿冲上去，夺过刀将刀口指向包工头凸起的啤酒肚猛地一扎，这似乎是一种出于自我保护的本能。

那一刀没有刺进包工头的肚子，那个虎背熊腰的家伙反应很快，转身躲了一下，刀在包工头的手臂划了一道不浅的伤口。然而就是这样的一刀，却击垮了包工头先前的盛气凌人，他打开抽屉，扔出两叠人民币。

"带着你那神经病儿子，立刻马上滚……"

父亲接过钱，脸上是久违的笑容，那一刻，王志突然感觉眼前的人很陌生。

"如果你没有把刀夺过去，那个王八蛋可能会看着我把脉划破。"父亲打破了沉默，"你是不是有些不开心？"

"没有。"王志撒谎。

"前几天有个工友就在他面前那样了，他看着他们划完后找赤脚大夫给包扎了一下，后来那个工友的伤口发炎了，现在还躺在医院里。"

"嗯。"

"就是住在楼下的林叔叔。"父亲叹了口气，"可惜他老婆都快生了。"

(8)

"以后要好好读书，留在上海，住很高很高的房子……"

王志抬起头，眼前是夏南香住的公寓，他默数了几遍，大概四十多层,这就是宋远说的很高很高的楼吧,王志想,虽然他明白即使站在金茂大厦顶端也摸不到星星。

夏南香的十四岁生日派对给全班同学都发了请帖,连王志都没落下。这并不出人意料,因为夏南香近期对王志一直很客气。

夏南香住的房子是复合式的,全班二十六人在一楼的大厅里吃吃喝喝走来走去一点也不觉得挤,王志拿了罐可乐坐在沙发上,欣赏着天花板上的水晶吊灯,那一只吊灯的价值足够夏南香办十次生日派对了。

茶几上摆满了同学送来的生日礼物,夏南香一边拆一边猜同学的名字,王志送的是一个水晶球,里面住了个雪人,数到第二十四份礼物的时候,茶几上没有别的礼物了,气氛变得很尴尬,夏南香拿着还没拆开的第二十四份礼物不知所措。

"我这儿还有一份礼物。"班长从包里拿出一张奖状,"作文大赛一等奖,夏南香同学,大家为未来的作家鼓掌!"

夏南香拿着奖状笑得有些不自然,王志把喝空了的可乐罐放在玻璃茶几上,轻轻地一扣。

气氛再度活跃起来,同学三三两两聊天吃喝,王志跟着佣人走进二楼的书房,夏南香父亲就站在那里,两手环抱在胸前,端详着前来送奖状的王志。

"干得不错,小朋友。"夏南香父亲右手拍了拍王志的肩膀,左手从口袋里掏出一堆钱,"一千,我们说好的。"

王志拿过钱谨慎地数了一遍,把钱分散地放在两个衣服口袋里,离开了书房。

"谢谢。"

两个月前,夏南香父亲通过夏南香把王志约到一家小有名气的咖啡店。

"听说你文笔不错,小朋友。"夏南香父亲喝了口咖啡,微笑着看着表情有些惊讶的王志。

夏南香父亲竟然有和自己当初一样的口音，王志有些意外，他模仿着夏南香父亲的动作喝了口咖啡，一股怪异的苦涩充满了口腔，王志皱了下眉头："嗯，还行。"

　　"最近有场作文比赛，级别挺高的，"夏南香父亲看了眼无动于衷的王志，"以南香的水平几乎不能入围，所以请你……"

　　"代写？"王志张大眼睛看着这个在经商业十拿九稳的人，"夏南香提出来的？"

　　"嗯，如果得奖了，给你这个数。"夏南香父亲比了个一，右手握拳转了三下，王志明白了他的意思。

　　"行。"王志没怎么想就同意了，他看着夏南香父亲巍然的样子，大家都是从一个地方来的，对方已经有了足以蔑视一切规则的能力，而自己依然是个被生活压迫着的小人物，有时候连尊严都要放下。

（9）

　　初三如期而至，没有外界传言的如此可怕，每天几张练习卷都是当堂完成的，题型都很常见，回家作业大半都能在学校里完成，不过是生活枯燥了很多，副科被抢占了一大半，剩下的都是老师匆匆把书上内容讲掉，体育课就是为那三十分做专项训练的。

　　学生游刃有余地应付着这样的生活，班里还有几对恋人在晚自习的时候把座位换到一起。班主任睁一只眼闭一只眼，倒是家长们看着如此淡定的孩子心急火燎的。

　　王志习惯在学校把作业做完再回家，家里隔音不好，时常在算题目的时候思路被隔壁孩子的哭闹声打断。他是班里的淡定分子之一，成绩始终稳定在班级前五，被认定为准四校。这是很多大人的想法，考进一所好的高中然后顺利进入名校，毕业后找一份不错的工作，赚很多很多的钱。

"王志,班主任找。"女生清凉的声音穿透了沉寂的教室,王志从座位上站起来向对方点了点头然后走出教室。二模考前,班里大部分学生都喝过班主任请的茶了,多是说些鼓励的话,几个特别的顽固分子会被老师苦口婆心地规劝一番。

"老师——"王志敲了敲门,办公室里的光线比教室里亮堂些,几个学生在享受一对一教育。

"王志,坐过来。"班主任冲王志招招手,四十多岁的女人,眼角有一条条明显的细纹,"你的表现老师们都看在眼里,但是有些事情就是那么,唉……"班主任无奈地看了王志一眼,"你要想开些啊。"

"什么事情啊?"王志有些莫名。

"你户口不在上海,"班主任压低了声音,"不能参加中考。"

"你别太难过呀,每年像你这样情况的学生很多的,然后……唉,你想开些吧。"

"嗯。"周围的几束目光聚集在王志身上,怜悯、同情。

（10）

春天,天还是黑得很早,几阵风吹过,地上都是一粒粒落蕊,操场上有几个初二的男生赤裸着上半身摸黑打球。几间教室还有恋人滞留着等待同学们一一散去,校门口停着数辆轿车前来接学生放学。

王志想到自己刚来上海的日子,眼前的一切几乎都是新鲜事物。如今,九年了,义务教育都快结束了,他已经适应了这里的一切,适应了穿着仿制品走在大街上被高中生嘲笑的生活,适应了耳边整日的来自四面八方的聒噪,适应了双休日一个人坐在家里的孤单。

外婆去世后,父亲把房子和田全卖了,他抹着眼泪和小伙伴们挥手告别，但他已经回不去过去的小村庄了。每过几年都会有部分壮年背井离乡，耳濡目染城市的灯红酒绿后就不愿再离开。

王志蹲在学校对面的马路上看着车来车往，红灯的时候会有几个司机把目光停留在自己身上。他听说今年暑假学校就要画出一块地用来建商场了，而他明天就可以不用再来学校了。

书包里还有几张尚未填满的同学录，他过去不知道有这种东西。至少把这个月的午饭吃完吧，可以的话待到毕业。王志看着灰色的教学楼，其实他舍不得这里，就像当年舍不得宋远。

他放不下这里，这个自己憧憬过，努力过的地方。

那些怀揣着梦想来到这块土地的人大都是这样的吧，固执地要让付出的汗水和心酸变得有意义，既然无法回去，就更努力地活在这里吧。

王志拍了拍裤子站起来，长长地舒了口气。他抬头看了眼深蓝色的天幕，那样浓重的颜色映不出星星。

这一刻，王志特别想家。

点评：董丝雨

小说以《星空》为题，星星也成为贯穿全文的重要意象。"露从今夜白，月是故乡明"，从古至今，月亮是人们寄托相思之情的重要载体，本文作者没有选择月亮，而是选择星星，不仅跳出了传统，还呼应了数星星是童年常玩的游戏这一重要场景，使整篇小说前后呼应，浑然一体。同时，小说触及了很多当下现实的问题，比如异地中考，比如作文比赛代笔，比如包工头拖欠工钱，比如繁华的大都市里承载着的一个来自农村孩子的梦想。如此多的现实在作者笔下有条不紊地呈现，可以看出作者的叙事能力以及构建情节结构的能力都十分出众。对于主人公王志来说，外婆、宋远和他从前生活的地方是他人生的避风港，也正是因为他们的存在使得王志能够在他没有归属感的都市里寻求一份安慰。这也给小说增添了一些亮色。当然小说仍有一些不足之处，比如人物性格不够丰满，对话较少，基本靠作者的叙述来完成对人物的塑造，这样的写法或许会使小说的可读性下降，因为小说的写法毕竟还是和散文有很大区别的，所以希望作者在人物塑造方面能够再接再厉。

丛林少女

卢熠蕾

　　他第一次看见她的房间，三十平方米的小公寓，只在正中的地板上搁着一副再简单不过的床垫，床垫旁边的一只打开的大纸箱里装着她所有的衣服。她的昼夜晨昏，就以一种最简单粗糙的方式被收拾在这里。未贴瓷砖的水泥地面上铺满了书，有的被歪歪扭扭地摞成一摞搁在墙角，有的就散放在床垫周围。书看上去有几百本，小说，电影杂志，英文书，画册，都是旧的，封面折角卷边，无一例外地带着孤独的、郁郁寡欢的神情，像她。这个房间除了床垫，装衣服的纸箱和书，就只剩下报纸。报纸侵占了这个房间除去铺满书的地板之外的每一处边边角角，铺天盖地从墙角开始张贴一直到贴满天花板，一层又一层，厚厚地，反复地重叠和交错，风拂过的时候，报纸未粘牢的地方拍打发出深浅不一的脆响。报纸也是旧的，泛黄发脆。它们从无边的黯淡时光中被打捞出来，然后在更为长久的岁月里慢慢地风干，最后因着机缘巧合相会在这里，他知道她就是那个美丽而单薄的机缘。置身于这个被破旧封面、黑白图片和字号不一的旧体英文层层叠叠包裹起来的空间当中，他触摸到她生活的真实，原来是这样的荒凉破败。他问她，为什么什么都不摆。她盘着腿坐在一本翻开的杂志上，在从落满灰尘的大玻璃窗外照进来的阳光中眯起眼。她笑了，喃喃地说，我在一家英国进口家具店里看中一种在盒身用淡水彩绘有中国牡丹的储物盒，在一家泰国家具店看中一匹用老织锦拼接成的桌布，在二手古董市场看中一只清代的五斗橱……我看中了它们，别的都不能再看进眼里。可是我没有钱，又不愿苟且，在房子里面摆满我不愿看的东西。她低下头，他知道她收起了微笑。所以我就干脆什么都不摆。

那这些报纸又因为什么要出现在这个房间里？他抬起头，看见天花板上正对着他头顶的一张报纸用了半个版面来印赫本的脸，她微笑的样子，她盘起的珠光宝气的发髻，甜美、娴静与高贵的气质并存，美得惊人。她告诉他那是一家英国的文艺报纸，极具品位，可惜现已停刊；她在图书馆看到，喜欢得不行，觉得它简直实现了她对文艺类报刊的所有梦想。图书馆的老报纸是买不到的，这些都是她偷来的。怎么偷，她轻描淡写地略过，他知道她做得到。她简单解释完突然很兴奋地仰起头，看着天花板上铺满的厚厚一层报纸，扬起一只细瘦的手臂指着它们说，我现在用这些报纸来代替所有我喜欢的东西，等我有了很多很多的钱，我就会把它们全部带回家摆满整个房间。她说话的时候眸中闪出极其明亮的神采，他从中看到了她一遍一遍流连在百货商场的昂贵柜台面前的样子。

那个下午，阳光从落满灰尘的大玻璃窗外照进来。房中央的一只床垫，那只装衣服的纸箱，屋子里的所有书，都被笼上一层毛茸茸的光晕，仿佛有什么在这屋子里面不出声地生长。他突然间觉出这间公寓带有一种颓败的美感，并且有一种苛刻的气质，苛刻让它显出一种倔强的艳丽。他看见了这间房子里面四处蔓延的芜杂的野心，野心在这间房子里长出乔木、灌木和倒刺，长成一座黯淡而危险的丛林。他看见她蜷着身子睡在这座丛林中央，像一个伤心的小女巫，戴着大大的打着补丁的帽子。他知道她也是危险的，这个带他回家的下午是她少有的脆弱时刻。她不会和他在一起，就像她只会直直地拉开那些昂贵跑车的车门没有一丝犹豫，灵活而细瘦的手臂就像一个凄厉的决定。他什么也做不了，甚至给不出她根本也不会看重的承诺。他只有安静地倚着门框，读诗，陪她，到日落。然后她收起苍白的微笑，换好衣服，化妆，带着艳丽而不动声色的容颜出门。她是一个从电影学院毕业已有一年的女演员，他是她学校门口一家书店的年轻老板。四年来，他眼见着她独来独往进进出出，总是集中不了注意力看完手头的托翁。她在等片子。他在等她。悲剧拖沓漫长且结局看起来遥遥无期，他不愿去想象自己会在哪一天被耗尽气力。

点评：王芳丽

本文采用铺叙的手法，将读者顺着他的描写带入一间杂乱无章的公寓，他用笔代替我们的眼睛，将房间的每一个角落都描写得异常细致。通过描写这间特别的公寓，激起读者对公寓主人的了解欲望。又随着作者的娓娓道来，我们看到了一个少女内心的清高与忧伤。到了篇末，作者笔锋一转，揭露了女孩儿和来客的真实身份，捅破了女孩儿的假清高，矛头直指其真虚荣。从始至终，我们都是顺着来客的眼睛去看整间公寓，然而来客并不只是一个观察的媒介，他有自己的视角，钟情于女孩儿却又无比了解她的虚荣，他知道，她最终和安于现状的自己是不可能有更多的交集的，所以最终他发出一声杳无希望却又无法自拔的悲凉的叹息。

全文先用赋的手法平铺直叙，描写细致，三百六十度无盲点，使读者也仿佛随着他的笔触走进了这样一间独特的公寓，非常立体而具有画面感。后又站在来客的视角运用比的手法，将女孩儿的野心和虚荣比作荆棘横生的危险的丛林，而女孩儿就像这丛林中一个邪恶但野心没有得逞的伤心的小女巫，显得可怜又可悲。最后又站在旁观者的视角，讲述了来客和女孩儿的故事，以及一个不是结局的结局。全文笔触细腻，视角多变，有一定的悬念，语言中弥漫着淡淡的忧伤和无奈,而这正与故事的风格和少女的气质较为符合,文风整齐划一,值得称赞。

　　不过,整体来讲全文似乎有点过于注重营造一种黯淡、忧伤的氛围,而忽视了真实世界中的生活气息,少女的口吻更像是书面的话语而不是日常用语,所谓过犹不及,这是一点不足之处。

柴　刀

刘津阁

　　战争还没有结束。

　　曾几何时，这座村庄是静谧的，是祥和的。每天黄昏，当太阳将这片绿洲染成金色，草甸里玩耍的孩子们都已回家的时候，善良的村民们，就开始祈祷了。它们是虔诚的神的信徒。每个傍晚，所有的村民，都会向神祈祷的。

　　但是今天傍晚，这样的景象却不会再有了。那是从沙漠尽头来的军队，所到之处烧杀掳掠，无恶不作。太阳沉下了，但是房屋燃烧的火光，和着血光，将村庄染成了一片恐怖的鲜红。那些老人和妇女，大多被虐杀了。那些拼死抵抗的，大抵是些无牵无挂的人，也都死尽了。剩下的男丁，多半为了自己可怜的孩子们，拖家带口的，逃离了他们的村庄，他们的绿洲，逃到了那片一望无垠的死亡的沙漠里，避难去了。

　　贝鲁就是这样的一个男人。

　　他不过是一个最普通的村民罢了。他的妻子被劫走杀害，他的房屋被抢掠一空，他的田地被践踏毁坏。他拼尽气力，像被激怒的斗牛，歇斯底里地吼叫着，狂乱地挥舞着手里的柴刀。若不是一丝的理智告诉他他还有两个嗷嗷待哺的儿子，他一定会战斗到死，但他终于带着两个幼子逃难去了。然而，他却无处可逃。天色已经黑了，四周是无尽的沙漠，月亮洒下冷光，如同飘下鬼白色的丝绸，黢黑的沙丘上铺了层苍白冰冷的浮沙。唯一带着点生气的，恐怕只有那些和他一起逃难的村民了。他们呻吟着，拖着残肢，和着泥和血，蹒跚而绝望地走着，走着。

他已经筋疲力尽了。他身上的粗布衣服已残破不堪，像被一群野兽啃咬过一般，一个晚上不吃不喝地狂奔，他感到又饿又渴，他的大脑已经恍惚，如在梦中游移。他的孩子和其他的村民也大抵如此。偶尔，他挣扎的时候，闪过一丝残存的理智，这丝理智告诉自己：他要死了。

时晌已将近午夜。月亮静静地悬在半空，四面荧着淡淡的冷光。一阵风刮过沙漠，满耳尽是沙丘嘶嘶哑哑的鸣咽声。贝鲁终于撑不住了。他在恍惚中，扔下手里的柴刀，跪了下来，两只手掌撑着冰冷的沙面，大口地喘着。"这样都会死。""神啊，看看这些可怜的人，请救救我们吧。"他喃喃地说。

于是，他开始祈祷了。"仁慈的神啊，我要死了。求求您垂怜我们这些可怜的人，让我们摆脱这灾祸的追赶，安心一些吧。救救我们吧！"他带着最后的理智和最后的虔诚，匍匐望天，念下祷词。

其他的村民也这样做了，贝鲁意识到。不过，他很快便意识不到了。他的脑已经快要精竭，很难清楚地感知什么了。不过，有一点他是知道的。敌人的喊杀声听不见了。回顾四周，貌似大家已经逃到了一个凹下的沙盆，月光照进凹地，流下白色的光，犹如要把这盆地盛满。四周一下子静了下来。

紧接着，呻吟声和叹喘声渐渐响起来了，村民们都支持不住了。贝鲁也已不能清楚地感知什么了。就连身边的两个儿子，好似也离他越来越远。他带着困倦与饥饿，一下子瘫了下去。

他睁开了眼睛。原来，他来到了一片麦田。突然，他感到头脑清晰得不能再清晰了。麦田是金黄色的，微风吹过，犹如金黄色的祷歌，一波一波的。远处像是绿油油的牧场，连接在麦田的尽头。天空是碧蓝的，有如春天刚刚开化的雪水，汩汩地铺展而过。风一阵阵拂来，像一波波晶莹剔透的浪花，打在身上，清凉沁骨，使人沉醉。贝鲁蹒跚着，带着困倦与饥饿，走到了一片空地上。

"饿下去，我就死了。"贝鲁清楚这一点。他还有两个嗷嗷待哺的幼子，他不能死，一定不能，他想。"神啊，求求你，"他喃喃地说。"仁慈的神啊，我要死了。求求您垂怜这可怜的人，给我一点点食物充饥吧。救救我吧！"

他闭上了眼睛。再睁开时，他好像已经站在麦田的中央了。四周的麦子，如同凝固的阳光，灿烂得耀眼。他跪下，拾起自己的柴刀，挖自己身旁的小麦。但他发现他的手实在是太疲软了。于是，他两手握刀，将刀竖立着，捅松麦子的根；而后，扔下刀，用两只手，将麦子拔起来了。他就这样跪着，急切地啃咬着手里新鲜的麦子。就这样，他用麦子充饥，"管它是不是生的呢，"他想，"新鲜的麦子味道最好。"虽然他模糊地意识到，他啃食的，虽然是植物，却不像麦子般清香，反而有股沙子的燥臭。总之，他充饥了。他的头脑却仿佛又开始恍惚起来，隐隐约约觉得从远处传来了缥缈的呻吟声。

他躺在麦田的中央，歇了下去。太阳如同一个橙黄色的巨大火球，半悬在天上，四下射出红色的火苗，将天空温暖了。贝鲁的心，也逐渐安定了下来。他越来越觉得，这完全就像一个仙境。"感谢神。"他喃喃地说。

恢复了一些力气，贝鲁站了起来。"要是一直能待在这里，多好。"他痴痴地想。远处缥缈的呻吟声若有若无，如丝如缕。"虽然，我终究是要离开这里的。"

他再次扬起头，眺望远方那绿油油的牧场，和那绿蓝交接的美景。"妙不可言。"他一边感受着久违的欢欣，一边对自己喃喃地说。"感谢神。我每日虔诚地侍奉他……这也许就是我应得的好处吧。"

他向前挪步了。提着柴刀，他一步步走向那片绿色的牧场。看起来很远，可是他只挪了两步，就走到了。一瞬间，他只觉自己置身于一个无边无际的草场，如同一片撒满祖母绿的天鹅绒布。牧场上，踱过一个小小的羊群。一只母绵羊，领着几头小羊，在青草上优雅地踏过。它们的毛是纯白的，如同卷曲凝固的雪；它们体态丰满，步态娴雅，如同婀娜的少女。他被吸引住了。凑上前去，他还发现，这些羊，不但没有寻常的膻气，反而从皮毛里透出一丝若有若无的酒的醇香。

贝鲁不禁回想起了他过去的生活。那个时候，他还在村庄里，过着安定悠闲的日子。每个周末的晚上，在祭拜完神后，他总会和妻子孩子一起，和全村人一起，围着篝火，吃着烤肉，喝着葡萄酒，放肆地唱歌、跳舞。有时，他也会一个人安静地坐在篝火旁，数着火苗上舞蹈的红色黄色的小星星。只是那些日子，恐怕是一去不复返了。

"我每日虔诚地侍奉神，这是我应得的吧。"看着眼前的几头小羊，贝鲁想，"这也许是神送给我的礼物吧。"想到似乎好久没有尝过肉的味道了，他对自己说，感谢神的礼物吧。

想着想着，突然，他恍然大悟了。于是，他便大笑起来。

"哈哈，我虔诚地侍奉神，神就不会背弃我。我有所想，神能降示我。我有所求，神能恩赐我。我日日夜夜的虔诚，终有报偿之日！"

他走向了那头母羊。他俯下身去，在羊的身边。"神啊，求求你。"他喃喃地说道。"仁慈的神啊，求求您垂怜这可怜的人，给我一点点羊肉充饥吧。救救我吧！"

贝鲁突然感觉，他握着柴刀的手臂有了不同寻常的力量。他挥起胳膊，用力一抡，对着母羊的后腿砍去。刀刃直直地插入了母羊的膝盖，母羊发出了一阵刺耳的呻吟声，小羊们受到了惊吓，瘫软地动不了了。贝鲁一狠心,将刀刃狠狠地铡下去,母羊像一棵被拦腰伐砍的杨树,吱啦啦地跌倒了,贝鲁得到了一条新鲜的羊腿。

贝鲁盘坐在地上,怀抱着那条羊腿,把它放到嘴边。他盯了盯母羊的眼睛,迟疑了一会。母羊也在不住地盯着他。但紧接着,他便不再迟疑,捧着羊腿,贪婪地咀嚼了。血染红了他的衣服,也染红了他的嘴。"从来不知道生绵羊肉也别有一番滋味。"他边嚼着满嘴的羊肉,边对自己说着。牧场上仍是一片鲜绿,而贝鲁,在上面点缀了一粒耀眼的鲜红色,好似被纺针扎破的处子的指尖。来自渺远的呻吟声,却不再若有若无,而是清晰可闻了。一条羊腿,旋即变成了一根白骨。

这回贝鲁终于吃得满足了。他随意地扔掉了那根白骨,站起来,活动活动两条盘麻了的腿,而后又一屁股坐到地上去了。他一只手掌撑着身后的草面,半仰着,一只手抚着微鼓的肚子,又时而擦擦嘴边的油和血。天空像浅蓝色的水晶镶成的。他抬头看天,眼睛半眯着,嘴角也微扬,"谢谢神,谢谢神……"他喃喃地说着。

但是,羊肉毕竟是羊肉,是会灼烧身体的。"我感到胃在灼烧。"贝鲁自言自语地说。"唉,"他叹了口气。"如果能有口葡萄酒,冲洗一下我肠胃里的羊油,那才最美不过,呵——欠。"他打了个呵欠。

远处的呻吟声,好像更近了一点。风吹过麦田,吹过草场,好像一只无形的大手,将直直的茎秆推搡得深深浅浅。贝鲁闻到了香味。"是酒香,"他打了个激灵,"波尔多的葡萄酒。"于是,他挺起了上身。老实说,他已并不怎么觉得十分奇怪了。于是,他探出他的鼻子,寻找那芳香的源头。一声声咩叫使他明白了。几只小羊舔着母羊的伤口,母羊则间或发出一声宛转的哀鸣,好像在为自己吟咏着最后的挽歌。原来,那芬芳是小羊们发出来的。它们白嫩的肌肤太薄,禁锢不住那比开满鲜花的山谷还要芳香的味道。贝鲁俯下身,抓着羊羔的颈,提起了一只。羊羔并不反抗,因为它已被吓得不知如何反抗,只是用那双曾经澄澈的眸子,一动不动地与贝鲁对视。

母羊发狂了。哀嚎变成了怒吼,两只健全的前蹄奋力扑打着,踉跄着,双眼喷涌出黑色的火焰,几乎像要提起一把柴刀,与贝鲁决一死战。但是,贝鲁漠然。因为,他已经知道如何喝到葡萄酒了。

一刀下去,母羊一动不动了。

"神的礼物,是精美的礼物。神的赏赐,是精美的赏赐!"贝鲁赞美着。"我应得的,精美的赏赐!"

于是,他提着那只瘫软的小羊,伸直了手臂,将它举过头顶。他看见那羊羔比天上的云朵还要洁白。"神啊,求求你,"他大声喊道,"仁慈的神啊,求求您垂怜这可怜的人,给我一点点葡萄酒吧。救救我吧!"

刹那间,贝鲁感觉到自己的手指有了力量。他不顾小羊的挣扎,依照直觉的指引,将一只手的指头轻轻地摆在小羊的颈。就像捏死一只蚂蚁一般,只是活动了下手指,小羊便在极度的苦痛中死了。指印留下的痕,渗出羊羔的殷红的血。不,那不是血,是酒,是酒从小羊雪白的脖颈渗出来,如同一朵开在冰晶之上的血红的蔷薇。天空蓝得就像教堂里的马赛克的窗,远处的呻吟声,依稀地觉得更清晰了些。空气里弥散着的,是最浓烈芳醇的紫红色的酒香,只是飘散着,任何麻木的肌肤也会沁透,任何冷漠的心灵也会沉醉。闻起来,好似吸入了一串串滴溜溜的酒葡萄,甜美,纯净而清爽。

贝鲁的双臂高举着小羊的遗骸。他也被这场景陶醉了,情不自禁地闭上了眼睛。"感谢神。"他对着天空说着。然后,他便将羊羔的颈放在口边了。他伸出舌头,想要一品这神的礼物。

刹那间,一股剧痛,碎灭了这宝石般的天空。他睁开眼睛,却发现自己的眼皮是这样的疲软，脑子也是浑浑噩噩的。四周的夜，是呻吟与哀鸣的。漆黑的沙丘上，月光已经黯淡了。忍着莫名的刺入骨髓的疼痛，在恍惚之中，他发现，自己一直瘫卧在沙丘的阴影里。而两个儿子，好像受到了惊吓，瘫软地动不了了。贝鲁想要爬起来，却发现，他已经爬不起来了。他看到了一个陌生的，恍惚的人影，伴着一把滴血的柴刀。刀刃直直地插入了自己的膝盖。

在遥远的沙漠的一角，有一个盆地，那天时近午夜，苍白的月光好像要将它盛满了似的。里面不时传出断断续续的呻吟声，和一片片响亮的柴刀声。

点评：娄赛赛

这部小说描写了生活在沙漠绿洲中的村民遭受军队屠杀后举家逃亡之后的悲惨经历。主人公贝鲁妻子遭杀害，自己带着两个幼子逃离了绿洲。无尽的沙漠，黢黑的沙丘，脚步蹒跚奔走了很久之后村民开始遭受饥饿和寒冷。喘息声和呻吟声散发开来。贝鲁晕厥过去，睡梦中他向神祈祷，走进了一片绿洲，有金黄的麦田无尽的粮食，肥美的羊群和甘甜的葡萄酒。他提着柴刀砍麦子、杀羊，填饱了肚子；向神祈祷着"我终日向神祈祷……神的赏赐……精美的赏赐……"一切看起来如此美好，可惜瞬间一股剧痛，贝鲁睁开眼睛！于是我们才恍然大悟这只是一场美梦。而睁开眼睛后却是自己已经被陌生人用柴刀插进了自己的膝盖……

文章情节紧凑，动人心弦，动作描写一气呵成，令我们仿佛亲临现场。梦醒前后对比令人印象深刻。通过这部小说作者表达了一丝无奈，但更多的是悲愤和哀鸣。贝鲁的形象深刻难忘。

老关的酒席

郭浩田

老关在副局长的位子上干了二十来年了，多次想提正——没成——反而要到了退休年龄了。临走，他心有不甘，却也没什么可说，毕竟这把自己的青丝拖成白发的官场也不是自己家开的。

老关决定把几个朋友叫过来喝几杯。两个是股长：老马，老钱；还有一个副的——老黄。这次酒席，老关还别出心裁，像模像样地弄了几张请柬发了过去。

老马，老钱：这家伙怎么了！还弄张请柬？！不对……

老黄：请柬？不对……对！哈哈，我有出头之日了。

虽说是朋友聚会，但老马、老钱还是穿了一身硬挺的西装，老黄更甚——还打了条鲜红的领带，并夹着一个鼓鼓的公文包。

席上，老关敬酒，发言：真他娘的，老子终于不干这窝囊的副局长了！

另三个人都笑了笑，点了点头，确认了自己判断无误后，都端起酒杯：为关局长干一杯！

酒过三巡，菜过五味，轮流相敬，老关已醉。

老马老钱看了看，协同老黄把老关抬回了家里。

第二天，老关醒了。目光一扫，触到了床头柜上的那个包。"那不是老黄的吗？昨天忘了拿了吧……"老关去开手机，准备给老黄打个电话，叫他来取包。手机一打开，两声"滴滴"音，收到了两条短信。

发信人：马股长，钱股长

内容：恭贺关局长高升！

老关如在云里雾中摸不着头脑。

"这……"

他转过身去，把老黄的包打开，里面全是人民币，并夹着一封信：关局长，我提正股长这件事就交给您了，一点小意思，还劳您费心……

老关的脸比昨天喝醉时还红。

他觉得又气又恼，又哭笑不得。他把包一拉，扔了出去："去他妈的吧……"

点评：王芳丽

这篇小说短小精炼，笔触鲜活，讲述了一个由误会引起的啼笑皆非的故事，讽刺意味不言而喻。小说以最简练的语言描写出三个官员对上司的话产生误会，从而心思各不相同，共同导演了一场现实版的"官场现形记"。小说笔触辛辣大胆，敢于揭露官场黑暗，同时通过描写副局长的刚直不阿，表现了一个普通人民对廉政的殷切期盼。小说虽小，却构思巧妙，颇有法国佳构剧的影子，与我国著名喜剧作家丁西林的《一只马蜂》等剧文风颇似。

略感不足的是，小说结局显得有些仓促直白，没有给读者留下想象的余地，也不太符合现实场景。如果结尾再耐人寻味一些，会更好。

浅　浅

杨璎珞

　　她叫苏浅浅，爸爸是市长，妈妈年轻时是优秀的舞蹈演员。自出世以来，摇篮曲是莫扎特的名曲，妈妈抱着她一句一句地读着《诗经》；百天抓周时，抓的是一支钢笔，爸爸乐呵呵地抱着她转了一圈；五岁时，唐诗三百首倒背如流，一双小手在钢琴键上自由飞舞，一曲曲动听的曲子便四处流淌；去照相馆照相，老板不收钱，只希望把她的照片扩大放在橱窗里供客人观看；在英语学校里，有一次老师不让她回答问题，课后老师对气哼哼的她说，浅浅，你都懂，但要给其他同学机会；教她天鹅舞的老师，拿着她的照片，说，浅浅，老师可不可以要一张你的签名照，浅浅以后成为大明星了可别忘了老师啊！她忙说不会的不会的，然后接过照片在背后写下：

　　苏浅浅

　　曾经苏浅浅就是这么一个优秀的女孩子。六一儿童节全市的文艺汇演，妈妈为她换上洁白的公主裙，她以比第二名高十分的优势轻松夺冠。回到家，爸爸刚开会回来，一身西装还未来得及换下，当听到她的喜讯，爸爸便单膝跪地，伸出右手，绅士般地问，浅浅小公主，我能与你共舞一曲吗？她慢慢把手放在他温暖的大手上，而妈妈早已在钢琴前坐下，缓缓的钢琴声响起，像淡淡的花香丝丝沁人心脾……

然而，在她读小学五年级的时候，因为一场车祸，一切都结束了。在放学的路上，一个横穿马路的低年级男孩儿，眼看着就要被车撞到了，她冲上去推开他，接着是刺耳的车鸣声……

幸而，这次车祸没有让浅浅残疾，只是由于脑部创伤，她陷入了昏迷状态。在医院的先进治疗和爸爸妈妈不放弃的爱与鼓励下，终于在三年后的一天，她醒了。虽然每天都有护士为她按摩肌肉，但卧床三年，还是有些肌肉萎缩。于是又花了一年时间调养和训练，她最终重新走下了病床。

出院的那天，她看到四年来为自己不断付出和操劳的母亲，微微发福挺着啤酒肚的父亲，在这四年的折磨中，他们已没有了当初的神采奕奕。再看看她自己，药物里含有的激素让体重翻了倍，全身臃肿；而不知道是什么药物刺激到了她的声带，导致她现在说话声音很沙哑很难听。她用自己沙哑的声音对父母说，我想继续上学。

回到家，一切如故，那架已经有点旧的钢琴也还在原来的位置，妈妈说所有的东西都是原样在等她回家。但事实上，她发现以前墙上挂的几张照片已经不在了，那有她参加比赛时的，有唱歌跳舞时的，有获奖时的。她知道自己再也不能轻盈地跳舞和唱好听的歌了，她很感谢妈妈的良苦用心，她轻轻地抱着妈妈，余光又看到了那架钢琴，她想，我不愿意再弹钢琴了。

最终，在家经过长时间的补习，于这一年的三月一日重返学校。是爸爸联系的，全市最好的初中，最好的班。在班主任的带领下，她来到班上。这是几年来她第一次面对如此多的陌生人，但她已经没有了曾经在舞台上的自信，她小声说，我叫苏浅浅。下面马上有了不明显的笑声，她觉得很刺耳。

做广播体操时，男生会对笨拙的她指手画脚并发出非善意的笑声，当她向同桌询问一个明星是谁时，那个女生便露出了惊讶和鄙夷的眼神。期中考试她全班倒数第一，班上开始议论纷纷；

不知道谁用修正液在她桌上写下"四肢发达，头脑简单"。

于是她打算减肥，有时一天不吃饭，妈妈哭着央求她，浅浅，你吃一点吧，别这样对自己了。

在班上，她暗恋着一个男生。当然，初中生的思维是很单纯的，一般像她这样体重大于身高，成绩又不好的女生也一样暗恋着年级第一的林格，而她却不同。她对一个默默无闻、脾气好的男生很有好感，他叫张默。她悄悄地观察他，课堂上，他总是很认真地听课，做笔记，课后还会认真给同学讲题。

后来，在一次位置调整中，老师很巧地让她成为了张默的同桌。

在那个敏感的年龄段，不知怎么，班上同学开始议论苏浅浅喜欢张默。

一次放学，她将东西落在了教室准备回去取，在门外便听到了张默的声音。

我怎么会那么惨，和苏浅浅成为了同桌。

张默，人家苏胖胖是有背景的哦！她喜欢你，你应该感到高兴啊，哈哈……

她听着他们的议论，没进教室便离开了。

学校的艺术节就要到了，班上排演一场表演，其中需要两个人弹钢琴，林格的钢琴弹得很好，但由于他被选为了艺术节的主持人，便不能参加表演；不过，张默学过电子琴，也能凑个数，但仍差一个人。她心里矛盾了很久，终于鼓起勇气举手说：老师让我试试吧！班上马上嘘声不断，有人开始起哄，张默低着头有点脸红，老师示意大家安静，虽然有所怀疑但还是示意她来弹一弹。当她坐在钢琴前正要弹出第一个音时，有同学嘻嘻哈哈地拉着张默的衣角硬要他看，而张默小声嘀咕着"我才不愿意呢"，仿佛受了什么打击。她说，老师，我不想弹了，老师却说她很不欣赏戏弄人的人。

她不知道怎么为自己辩解,她哭着跑出了教室。

她多么期盼这个时候张默站出来拉住她,但事实上,老师很生气并不理会她,而同学们也没有说话。下课后是林格担负着班长的责任找到她,并带着她跟老师道了歉,她低着头,委屈地说:"对不起,老师,我并不会弹钢琴。"

由于接近中考了,班上渐渐显出了紧张气氛。林格每天在黑板上写下今天距中考多少天。而她,却开始不再学习,课间操也不做,体育课也不参加。班主任把她叫到办公室,苦口婆心地教导她,她却冷眼看着她,因为她已经知道了,是她爸爸帮班主任的表弟找的工作,因此,她量她不会怎样的。

课间,她在桌上看到了一张便条,上面写:"放学后在教室等我十分钟,我有话对你说。"署名林格。

但那一天一下课她便冲出教室打的回家。她暗自高兴:那些模仿林格字迹的人一定是想看我的笑话,但我偏不上当!

回到家,她便坐到钢琴前开心地弹了起来,由于长时间没有练习显得有点生疏,音乐并不是很流畅。妈妈在厨房听到久违的琴声不禁潸然泪下,爸爸才散步回来,衣着并不讲究,看到女儿在弹钢琴也颇为感叹。她说:"爸爸,你不来邀请你的女儿跳一支舞吗?"爸爸回过神来应和着,并喊:"孩子她妈,你还不来弹钢琴啊!"

"哎,来咯!"

教育局下了文件,学校有一个保送市一中的名额。她对爸爸说:"那个名额,我要。"市一中是全市最好的高中,所有学生拼死拼活地学,就是为了进市一中。虽然她知道自己的成绩不好,同学们都嘲笑她,但这个名额,她要定了。

也有同学听说了保送名额的消息,便向班主任咨询。班主任说:"我没见什么文件啊,考高中要凭实力,没什么保送名额,就算有,也是人家林格的。"

林格不好意思地笑了，小声说："就算有，我也不要。"

但班主任却单独把她喊到办公室，递给她一张表，是与保送有关的，班主任什么也没说，便挥挥手示意她离开。她拿了单子便毫不客气地走了。市长爸爸，就是有办法；市长女儿，就是了不起。她悲凉地自嘲。

中考的时候，当大家在考场上奋斗，她便选了一家离考场最近的冷饮店吃刨冰，看出眉目的同学便对她指手画脚。

哼，有什么了不起的！

她全当没听见，而且还笑吟吟地说，我请客，要吃什么就点。

死胖子，那么能吃，难怪那么胖，走了，没胃口。

她笑着看着他们离开。她问自己，苏浅浅，这个就是你要的结局吗？

中考成绩公布出来了，而她也顺利收到了市一中的录取通知书。

由于家里的钢琴太旧，妈妈带着她去琴行挑选一架新的钢琴。在琴行，竟然遇到了林格，他正在一架钢琴前认真地弹着。

老板忙说："真不好意思，他是我儿子，懂点皮毛——请问你们是想买什么乐器？"

当一曲结束的时候林格才注意到了她，林格热情地拉着她到钢琴前的椅子上坐下。他说，浅浅，那天下午，你没看到纸条吗，怎么不等我便走了？

她诧异地看着他。

他用手指随意地按着琴键。他说："浅浅，艺术节之前班上缺一个弹钢琴的，你举手要试，但后来你又说你不会，因为我对弹钢琴懂一点，所以我觉得，如果你特别想学，我可以教你啊！"

她低着头："是的，我苏浅浅现在是很胖很丑，但我不要你的同情，不稀罕！"

"不是这样的，"他赶紧解释，"在我读小学的时候，有一个比我大一级的学姐，她也叫苏浅浅，她是如此的优秀，但那时候我很调皮，不听话，一次横穿马路时差点被车撞到，是浅浅姐救了我，但后来，一直没有她的消息……我想，她也许已经离开人世了吧……那天我亲眼见到她被车撞，还流了很多血……从那以后我像变了一个人似的，我很想谢谢浅浅姐，却再也没有机会了。所以我是真心地想帮你，不是什么同情……"

浅浅一下子趴在钢琴上呜呜地哭了起来，钢琴发出了沉闷而沉痛的声响。林格不知所措地将双手举到了胸前。

妈妈和林格的爸爸都转过头来看着他俩，不知道发生了什么。

是的，那个浅浅，已经离开了……

点评：卢熠蕾

本文作为小说故事情节跌宕起伏，曲折生动，细节捕捉传神、独到，如开头处对浅浅幼时如何优秀的描写、浅浅与张默之间的隔阂的描写，对开始变为漠然和无谓的浅浅的描写，都因为铺陈了充分的细节而显得形象生动。

故事情节曲折但合理，主人公虽经历诸多大起大落，但因为铺垫充分，交代清晰，所以读来不觉突兀，能够顺畅地接受浅浅从一个优秀乖巧的女孩在经历一场事故之后，性格开始转为封闭，并在学习生活中不断遭遇诸多障碍，最终性格急转直下的过程，理解推动故事发展的偶然性与必然性。

人物对比设计匠心独运，在对浅浅这一主人公的描写中，穿插辅以对林格这一配角的描写：林格代表着世界对浅浅投来的唯一的暖意，也与性格日渐冷漠的浅浅形成鲜明的对比，同时起到串联并推进情节的线索作用。结尾设计意料之外又在情理之中，通过对林格身份的揭露，反衬出浅浅最初优秀美好的样子，与今日的浅浅再次形成鲜明对比，一方面凸显出了浅浅命运的悲剧性和无奈，另一方面引人在惋叹之余反思浅浅性格逆转背后的家庭与社会原因，揭示出少年之心的敏感脆弱与浅薄顽劣，以及成人世界映照在少年生活中的阴影。

可考虑添加适当景物或场景描写，在关键桥段渲染氛围，结合正面描写与侧面衬托，丰富描写手法，使画面更加形象生动。另外语言也需再锤炼。

爱情，原来只是猜测

陈 力

流苏，经历了一场不深不浅的恋爱，人越发变得冷清起来。常常泡一杯绿茶，对着台灯，看那杯里热带雨林般的风景，一片片绿得诡异的叶子。默默，一寸寸时光在凝望的目光里流过。

大四的日子，终究是紧迫的。刚进十月，签约应聘类的字眼便弥漫了整个校园的空气中。日子，密鼓般紧凑起来。

流苏的专业不算冷门，但工科的女生终究是不容易受人青睐的。何况是流苏这般文人气质忒浓的女生，对成绩向来不甚放在心上，亏得还有个六级证书装装门面。但是，凭这些，换一份体面的工作终是艰难。

流苏在这些事情上向来迟钝懒散，许是本性使然，小文人的酸腐清高，不屑以名利相争似的。

但，还是沉不住气的，流苏的家境容不得她真的把所谓的前途置之不理。对现实清高不是人人都可以拥有的奢侈。

见流苏还在迟疑，性急的轻轻一副恨铁不成钢的样子。

"苏苏，都什么时候了，你还是这个样子，还想不想找工作了？"

流苏坐不住了，胡乱写了份简历，终于心虚，不敢附上成绩单，碰碰运气吧。

下午的招聘会人声喧嚣，流苏给挤在人群中动弹不得。不同人的体味、汗味，混合在一起，流苏险些不能呼吸。

人群中，一颗心被挤得空空落落，无处着落。未来，残酷而真实地铺在她的面前，流苏闭了眼。

轻轻针对流苏在会场上的表现，着实臭骂了她一顿。看流苏戚戚的眼神，终于还是不忍。

"苏苏，我有个老乡是热门专业的，给你介绍一下，带你出去算了，大不了咱花点钱！"校内是有着不成文的规定的，热门专业的男生可以带女友一起签约，而那些没另一半的，若有女生愿意出钱，自然也是顺理成章。

流苏不答，虽是心有不甘，但也无可挣扎。

把所有东西翻成了八级地震的模样之后，轻轻又发惊人之语。

"可是，我找不到他的电话啦！"轻轻之迷糊，路人皆知。"苏苏，你在那个专业有没有认识的，帮忙找一下不就得了。"

流苏仔细想了一下，大学里认识的人本来不多，那个专业的，竟然有两个。拨了其中一个的电话，那头传来冷冷的女声："对不起，您拨打的电话是空号。"

流苏幽幽叹了口气，和人家已经许久不联络了，换了号也是自然的事情。

剩下那个，便是范柳原。

失去了再打的兴趣，流苏一手托腮，另一只手闲闲地转动手里面的笔。细细的笔，灵活地翻转在纤细略显苍白的手指间。

"啪！"笔落在桌子上。

流苏的心乱了。

在一些事情面前，很多坚持便不能再坚持了么？

流苏给自己打气，他一定也换了号了，打一下也只不过是验证一下，怕什么？

自己害怕的是打得通还是打不通，恐怕此刻的流苏也是分不清楚的。

片刻的忙音之后，竟然通了。流苏一下子失去了勇气，马上要合上手机。柳原的声音及时传了过来。

"请问哪一位？"

"我是白流苏。"流苏故作镇静地答道，心里并不肯定他是否记得自己的名字。幸好，柳原是记得的。

流苏只说朋友托她找人，柳原满口答应。

柳原是在选修课上认识的，他们一个寝室的都认识流苏，都是特别爱开玩笑的人，流苏常常被他们逗笑。想想那时的日子倒也很美好。

柳原很会讨女孩子欢心，那时候天天嚷嚷要追流苏，也并不见有什么行动，流苏只当他是玩笑惯了。后来流苏有了男友，便不再联络了。

"听说你现在又单身了，我是不是可以乘虚而入了？"

"呸！胡说八道！"流苏早熟悉了他这种嬉笑的口吻，脸却不争气地发热了。

"你怎么就不相信我呢？"分不出真假的口气。

流苏笨拙地改变话题。

"你们专业就业挺好的吧？不用发愁了！"

柳原依旧贫嘴："你发愁了么？那我带你好啦，那你当我是什么人呢？"

"去，谁稀罕听你胡说！"流苏一面心里发虚，一面又恨自己。

几天了，柳原并没有打来电话，流苏却时常忍不住看看手机。流苏不肯承认自己有了某种念头，尽量轻描淡写告诉了轻轻。

轻轻一惊一乍，"哇，到底是美女啊！快，告诉他，工作一签，决定权还不在你手里？"

流苏不肯接话，心里怕极了自己会有和轻轻一样的想法。

流苏是不肯舍弃自尊求柳原带她的，可是，在现实面前，她还能坚持多久呢。

晚上，流苏，辗转反侧，千百个念头纠缠着，打成一个个丁香结。

第二天，流苏早早醒来，再也睡不着，拉开窗帘，发现外面纷纷扬扬地下着大雪。明明是十月刚到，即使在这个北方的城市，雪也终究是太早了。

流苏爱雪，心里一下子充满了孩童般的喜悦，裹紧了大衣，跑了出去。

雪片很大，落在石板路上，化成一片一片的水渍，秋天的雪，是早夭的雪。

流苏看着，心里烦乱起来。

回到寝室，发现有一个未接电话，是范柳原。流苏靠在床前，思量许久，有些失神。

柳原没有再打来，流苏一面打了过去，一面深怪自己的浮躁。

柳原依然那副声气，"是不是想我了？"

"才没有，把你美的！"

"真没有？那我可伤心了，我可挂了！"

"挂吧！"

"那你有事不要再求我！"

"求你，求你还不行！"

这样的口气，近乎调情了。

说来说去，也没有什么定论，两个人像打太极似的，你来我往，却都不着痕迹。

终于约了中午一起吃饭，见面再聊。

流苏放下电话，心下着实有些忐忑不安，忍不住告诉了轻轻。

"当然要去啦，拿出你的本事来，迷死他！"还忘不了补充一句，"白流苏，我告诉你，你要是胆敢不去，看我以后还理不理你！"

流苏有些慌乱。

乱了一会儿，不肯怠慢，却又怕太过明显，着实让人费心思。

沾一点粉底，手指慢慢在脸颊涂开，粉色的淡彩唇膏，在唇边掠过，留下一抹绯色。

望着镜中人的脸，似是为了取悦谁变了模样，流苏一下子觉出了自己的卑微，长长的睫毛扑簌簌的，险些落下泪来。

说好十一点，柳原却迟迟不打电话来。流苏勉强坐下来，心不在焉地翻着杂志。不知怎么想起从前男友，每次约会迟到十分钟，也要被流苏给半天的脸色看。此刻，却如此不同，流苏没有责怪的底气。

半小时过去了，流苏几乎失去了见柳原的勇气，几次拿起电话，却又颓然坐下。

几乎不抱希望的时候，柳原的电话不紧不慢地打来。

流苏暗骂自己的懦弱，临行前又不放心地照了下镜子。

究竟长久不见，流苏找不到可以谈的话题。

柳原近乎滔滔地说着工作的事，只是十分巧妙，并不与流苏扯上关系。

流苏也便当作与自己无关，似听非听，两手无意识地折着餐巾，心里恨得只咬牙。

柳原电话里的联络方式全都换过，撇清了一般。

流苏图了工作，柳原又图的什么？流苏这个人么，又不太像，连喜欢都谈不上吧。

他在等流苏主动开口么，流苏能说得出求他的话么？

两个人避开了要谈的话题，简直是斗智斗勇了。流苏知道，谁开口说了，便是处于下风了。她白流苏能一辈子卑微么，流苏是不肯给柳原这个话柄的。心里却禁不住发慌，现下着急的是自己，他范柳原却是轻松不过吧，何须坚持求一个并不美丽的叫作白流苏的女子。

流苏更加为自己悲哀起来，他若是连句喜欢的话都不肯说，自己就真的为了个工作随他去么？

这顿饭吃得又冗长又难过。流苏心里堵得厉害。

柳原燃着了烟，流苏隐忍着不说叫他熄了的话。想到男友是从不吸烟的，哦不，是前男友了。

走出来，流苏胡乱找了个借口，逃难般离开。柳原也不坚持送。

回去，轻轻连声打探流苏的战况。流苏一个字也不想说，累得哭都哭不出来了。

柳原发来短信，告诉流苏外面很冷，不要乱跑。柳原喜欢在每句话之间加省略号，一副引人遐思的暧昧样子，仿佛言之不尽似的。果然是个狡猾的男人。

短信聊了一会儿，流苏说到第二天的招聘会，柳原竟说这是你自己的事，想去就去。无所谓的口气一下子激怒了流苏，流苏压抑的自尊马上抬头，冷冷地说："我当然知道是我自己的事。"

柳原有所察觉，重修于好似的，"那么好，加油！我们一起加"！

流苏知道，他又开始了这种暧昧的游戏。想到头痛，仍是猜不透他的心思。猜到流苏哀怜起自己来，这还是那个出了名的自命清高从不屈从迎合的白流苏么？

任你如何迷惘猜测，也始终无法预料命运将如何交错。命运的神秘就在于此吧，你永远无法预测，无法设定，无法重复。

流苏兀自百转千回，却不知道命运又如何左右她的脚步。

周末，本校任教的老乡夫妇邀流苏去家里吃饭。习惯与众疏离的流苏，一向对人不甚热情。大一就结识了这对老乡，却一直持着敬而远之的态度。

流苏想想，答应下来。拒绝别人的善意和热情，也是需要勇气的。

席间，新近升官的老乡——该叫他刘哥的，流苏实在觉得叫不出口，只淡淡地叫老师——正当意气风发，深怪流苏一直以来的疏远和客气，很多事他原本可以帮忙的。

流苏不答，心里却是感动的。流苏的心便是雪花攒就的，表面上冰一般的，却是最禁不得别人几句暖话儿。

回去的路上，透过车窗，流苏看着街上云雾般的霓虹从眼前水样流过，恍若不知身在何方。喝了点酒，脸烘烘地发热。热心的刘哥，承诺了帮流苏留在本市，自然是要花钱打点的，但也已是天大的面子。流苏该感激涕零的么？可是流苏的心里未尝没有自己的理想，真的甘愿将这以后长长的岁月来交换这个城市属于自己的一寸灯火么？

还有柳原，虽然没有明确的约定，毕竟也有些心照不宣的意味。

流苏有满腹的心思，无法梳理清楚。

这所谓的转机，带给流苏的甚至不是欣喜，而是，纷乱。

好容易回到了寝室，流苏用被子把自己婴儿一般裹起来，什么都不愿再想。四肢百骸消融了一般，偏偏没有睡意。

心有所感么，柳原的短信来了。"我喝醉了，想亲亲你。"酒不同，醉却相通。

流苏倏地面红耳热了。情话无论真假，总是让人心动的。

柳原的轻薄，流苏反而不恨了。也许是因为自己已经有了别样打算，倒怜惜起与柳原这似是而非的情感。

"柳原。"流苏借了酒意，破釜沉舟似的。

"你喜欢过我么？"在流苏，很多事情，想到问清楚，便是要放弃了。柳原显然不了解流苏这边有了变动，被问得怔了片刻。

"喜欢，只是现在一切都还没办妥，想着对你说也没有意义。"

流苏对着空气笑了，现在她终归是占了上风，柳原开始躲闪了。

何苦。

流苏把今天的经历简略告诉了柳原。流苏忽然发现,一直与自己较量的,并非柳原,却只是自己。也许,这许多时日以来,都是自己在算尽心思,百般较量,而柳原未必知晓。流苏兜了好大一个圈子,却回到了原点。发现,柳原还是柳原,也不过是柳原。

流苏释然了,柳原却沉默了。流苏关了手机。

若是柳原有足够爱,后来流苏想,也许一切就是另一番模样。然而,如果流苏足够勇敢,一切也必不同。

若是忽然发了洪水,地震,或是战争,我想,流苏柳原可能会抛却顾虑,生死相依也说不定。然而,生活这般平淡,爱情又是如许现实,这世上纵有千百座城池,也不够来成全这许多无望的爱情呵。

流苏,不能要求。

一年后,流苏没有如老乡所愿,留在这个北方的城市,只身去了杭州。离开学校的那天,流苏拨通了柳原的电话,"柳原。"只说了这一句,也只有这一句可说。从此,断绝了和柳原的一切联系。

颇费了一点周折,流苏在电视台觅得一份撰稿的工作,专为茶写些文字,清淡悠远,颇合流苏的胃口。舍弃了本来专业之短,恰合了自己爱好之所长,流苏觉得颇为幸事。

念及柳原,流苏才发现当初面对就业和爱情,无数的计较和思量,是那么稚拙和慌张。然而,那也正是年轻的可爱之处吧。

工作缘故,流苏常常出差,去各类茶的故乡。穿行在陌生人中间,流连在不同的风景里。白流苏总是白流苏。

这一切,都是柳原所不知道的。

而柳原的心思,也是流苏从不了解,也无从了解的。

倾城,只是幻梦。爱情,原来只是猜测。

点评：董丝雨

　　从本文主人公的名字设定就可以看出，作者是一个不折不扣的张爱玲迷。小说讲述了一个现代版的《倾城之恋》，两个主人公似乎和二十世纪三十年代的白流苏与范柳原有着同样的境遇。在张爱玲版的《倾城之恋》基础上，作者加入了现代元素，使小说不仅有着向张爱玲致敬的意义，更有着其深刻的现实影射。张爱玲笔下的爱情表达是现实的，更是悲凉的。她揭示了爱情只是一种女性对男性经济的依附关系，看到了没有经济地位的平等，爱情也将是虚空的神话。本文作者也通过现代白流苏和范柳原的故事强调了在一段感情关系中男女平等地位，不互相依附的重要性。同时，作者也揭示了现代婚姻关系中，爱情并非纯粹的感情基础，现实的因素往往占了大部分，因此，作者写这篇小说的目的也可能有着对纯粹爱情的幻想和呼唤。爱情，终究不应是两人相斗，互相争着占据上风，而是平淡中的互相尊重和危急时刻不顾一切的挺身而出。在离开学校走向社会的男男女女中，不知有多少人晓得这个道理。小说对于人物的心理描写十分出色，人物性格也较为丰满，美中不足的是情节之间的衔接有些生硬。

2008 夏天，墨绿色的风吹过

观荷有感

解雯迦

一池荒芜诉说着荷花的挽歌
几阵秋风竟没能激起水中的波澜
一朵荷花倔强地屹立在风中
傲视污浊与风为伴

不孤独吗？我问
破败中的绽放注定无人堪怜
她不语无言
高昂的头颅不肯折弯

谁说只有污泥与浊水翻转
谁说只有萧风吹落秋天
看吧一枝荷花直至长空
眺望着远方的山川碧野红日高悬

点评：李贞

　　这是一首描写荷花的诗，其中自然也能看出作者自己的思绪。
　　自古荷花都是高洁的象征，"出淤泥而不染，濯清涟而不妖"。在作者眼中，也是如此。"一池荒芜诉说着荷花的挽歌"，这一句让人联想起那句著名的诗"高尚是高尚者的墓志铭"。一朵荷花，傲视污浊，只愿意与风为伴，这样的画面，我们都能想象得到，也都会为之动容。

第二节，作者用了一个问句，"不孤独吗"，这是在问荷花，也是在问所有坚持做自己，却在现实的污泥中百般遭遇不公、挫折的，正直的、怀抱理想主义的人们。结果，荷花的回答是"她不语无言"！是的，既然选择了"举世皆浊我独清"，又何必再苦苦寻求同情和怜悯。向不懂的人解释，也是一种妥协。只有真正享受自己的孤傲，才是真正的坚持。所以荷花"高昂的头颅不肯折弯"，以沉默对抗质疑。

最后，作者给了荷花一个伟岸的描述，"一枝荷花直至长空"。远处的山川、碧野、红日也都成了荷花壮丽的背景。也许，这是作者内心的期望吧，希望一切正直终能融于世间大美，获得超越污泥的永生。

"798"一角有架琴

胡文谷

（所有的钢琴都有灵魂。
当工匠将琴弦琴槌排布好，
她就准备随时歌唱）

在色块泛滥的798，
她披尘做纱在小店角落。

等至今，我掀开琴盖，
唤她从死寂中醒来。

以曲叩问，来吧，
你唱。做心灵的对话。

久未矫音的琴声，
我感受到她的痛。

她陶醉这短暂的欢乐。
感染周围的人，此刻。

我明白，当我盖上琴盖，

她又落寞经年，静若石台。

点评：李贞

  这是一首咏物短诗，读起来清新隽永。开篇一句"所有的钢琴都有灵魂"，可见作者懂得音乐，作者化身钢琴的知音，随时准备与她对话。在作者的诗句中，"798"角落里的这一架钢琴，宛若深居在繁华都市里一处安静小巷中的少女，长久静默地面对世界，直到年华老去，却依然愿意等待真正的"心灵对话"。

  "她披尘做纱"，这是多么优雅的比喻，仿佛一位旧日美人婷婷而立，带一点陈旧却不失美丽。

  "久未矫音的琴声，我感受到她的痛。"只有真正地懂得，才会产生共鸣，惺惺相惜。心怀怜惜去弹奏一架钢琴，我们能读出作者纤细敏感的思绪。

  "我明白，当我盖上琴盖，她又落寞经年，静若石台。"从上一句人与琴共同演奏欢乐，到这一句情绪转折，再入落寞，感情如波浪起伏。作者只是过客，钢琴这位独居的美人，终究还要自己面对寂寞，"静若石台"读来令人感伤。

  读完这首小诗，会令人想起许多故事里韶华蹉跎的美人。许多人如这架钢琴，孤独地活在寂寞里，只为一时偶然路过的知音奏响生命的音符，然而终究欢乐易逝，时光难留。如同福克纳的《一枝给艾米丽的玫瑰花》一样，这架"798"一角的钢琴，也在作者笔下凝固成了一份永恒的美。

一杯水的寂寞

董欣心

小小的身体
贮藏着枯燥的韵律
随风翻滚
固定的场所
钳制着流动的线条
百般无味
纷杂的分子拥挤着
渗出多情的符号
喧闹后的寂寞
望眼欲穿的悲切
带着无限的渴望
等待
救赎

点评：李贞

《一杯水的寂寞》如题目点出的，是在借水写寂寞，属于年轻的不安。

一杯水，别无他味，难免觉得"小小的身体，贮藏着枯燥的韵律"。更何况还被装在一个杯子里，连自由流动都不能，被"钳制着流动的线条"。许多年轻的日子，就是这样在对自己的不满中度过的吧，不满生活的平淡乏味，不满规律的日子、固定的生活节奏，总是放大"喧闹后的寂寞"。然而，又总是不放弃期待，带着渴望，睁大眼睛在"等待救赎"。能够敏锐地抓住这些小情绪，正是培养"诗情"的第一步。情绪是短暂无形的，而以诗的形式，将它们捕捉，读来就会有无限意味。

雪 狼

林 俐

扯一缕北风
将思念包好
踏雪奔向下一个黎明
在暖阳下
晾晒永恒的美丽
永不孤独
无论漂泊何处
洁白如雪的灵魂
守望这一方净土

点评：张凡

　　这是一首很有意思的小诗，作者用简短的文字，为我们刻画了雪狼的形象。诗中的雪狼，与北风、寒雪相伴，饱含思念、漂泊无依，但是其身上却没有平日大家印象中的狼的凶狠，而俨然是追求光明、灵魂高洁的斗士，在坚守自己心中的净土。作者名为咏狼，实则褒扬了那些不畏惧困难，坚守灵魂的人。全诗通过将具有冷暖不同色调的词语、意象进行对比来抒发感情，使狼的形象鲜明地呈现在读者面前。并且，诗中虽然有很多冷色调的词，但整首诗读来却让人感觉积极、向上。不过，诗中个别词语的使用还不够精准，比如"晾晒"，如果能再锤炼一下语言，会达到更好的效果。

雨夜心情

董欣心

闪电，惊艳而狰狞
雷声，形影不离
碎满一地
雨水，狂躁不安
黑暗，悄悄来袭
当目光暗淡成一种哀怨
窗外的世界
我已辨不清南北东西

点评：李贞

《雨夜心情》渲染的是一种迷茫的情绪。

夏天是多雨的季节，在戴望舒的笔下，悠长悠长的雨巷里，是飘落丝丝优雅朦胧的小雨。而在这里，作者写的是略带恐怖的电闪雷鸣。闪电狰狞，雷声尾随，"碎满一地"的除了雨水，恐怕更是作者独特的心情吧。黑暗来袭，目光开始变成哀怨，窗外的世界变得混乱，终于"辨不清南北东西"。雨中的心情，其实是借着环境抒发自己的迷茫和恐慌。年轻的生活，有太多选择、游移和不确定，偶尔会有自己无法掌控方向的无力感，这也许是许多人心底隐秘的情绪吧。

但是，无论如何，大雨终将过去，青春总该怀念，迷茫只是一时，走向晴天才是所有人的希冀。

香

魏 兵

你的美
似乎一团暗香

像清晨的雾
在我的心里散开
开出一朵朵隐幽的百合……

当我镇定地
走过……
眼角的余光
拍下了你专注的神情
你的美,不可惊扰!

可那香一直尾随着我的背影
不肯放过我
难道这是心中百合的根?
连距离都扯不断那一根根的游丝
在你与我之间?

但我不敢回头
身后那一堵堵满是眼睛的墙!

两个柱子之间的距离
一个个陌生的脚步声怎么踏也踏不破!

却把那香踏得支离破碎
你零星的身影只能在腿缝间飘闪……

这游离的美
游离的香
游离着我的眼神
游离着我的百合……

你起身了
一场梦就要空了
那香马上就会在小林子的另一边
消散!

可,我还是不敢!
不敢……

不敢拨开
清晨的那一片朦胧……

点评:李贞

    诗中所写的香,源自一位姑娘的美貌。"你的美,似乎一团暗香。"如雾般散开的,是一种笼罩了作者的爱意。"开出百合"一句比喻，又让人不禁联想到张恨水著名的爱情故事《金粉世家》里美丽的女主角。一抹香，既是姑娘真实的气息，又是一切关于她的幻想、印象，留在作者心头。

二三节写姑娘的美让人念念不忘，缘分如游丝牵引，但接下来却是转折。"但我不敢回头"，因为"身后那一堵堵满是眼睛的墙"！人群中多看了你一眼，但是重重阻隔，却无法继续追寻，这多么令人懊恼！终于香气越来越远，美、香、追随的眼神、心底的百合都变成了"游离"的了。明明知道消散的结局，可还是克服不了内心的胆怯，"不敢拨开清晨的那一片朦胧"，诗句在此戛然而止。

这是一场无疾而终的暗恋，只留下未知的结局供读者品味。

五月的留恋

董欣心

越过结满露珠的早晨
走过绚烂孤独的黄昏
夏日暮霭的颜色
消失在你的左侧
梨花满园
栀子喜悦
风起花落如雪
轻叹倚阑望月
即将离开
怎能忘却!

点评：李贞

《五月的留恋》抒怀的是一种离别。

离别因何而起？作者没解释，留下想象的空白。也许是恋人分别，也许是挚友远走，总之，是一份不能忘却的情谊。早晨是"结满露珠"的，黄昏是"绚烂孤独"的，夏日的暮霭消失在离别人的左侧。五月的繁花众多，作者咏叹的是梨花和栀子花——它们都是那样洁白，而非其他什么色彩艳丽的花。所以会如落雪，洁白的颜色才最适合寄托思念，适合在纷纷飘落的花瓣中轻声叹息。

在 路 上

耿利杰

三个月前打好一身行囊
向世人宣告我要去寻找一片净土一寸光芒
说得信心满满誓声朗朗
徒步孤身一人彳亍着感受荒凉
偶尔浑身被阳光涂上片片碎金
偶尔斜阳把身影拉得很长很长
算了何必去计较眼前的一幕是落日还是朝阳

在路上去追光
他们说这里是我的战场
倒下也是万里平旷的唯一高点
也自会有人把祭歌奏响
我相信幸福的徜徉
伸手去抓再抓
就像孩子把手擦了又擦
神圣地去接一块本来廉价的冰糖
哪管身体还在杂耍般止不住地踉跄
烛光般不住晃动

终是抓不住啊
不管了以自己为圆心躺下幻想
我知道周围定是千里草地一样的平旷
不要打扰我我要在这里安心放羊
可是为什么人们都在高唱成者为王

在路上孤身闯
这里真的很冷雨夜很凉
我的翅膀离我很远好像散落在天涯的各个地方
没有翅膀即使乘风我也无法飞翔
但是当初想的不是现在的这个模样
说好的幸福呢
难道一切只是幻想

所幸还有天涯的羽翼不断汇聚
点点行行暖暖地涌向冰凉的心房
抚平我的心伤
那不是邮箱的负担是一束一束的正能量
我看到了看到了前面已有一丝光亮
眼前水汽氤氲
人后热泪两行……

点评：王玉琳

  三十年代的废名在北京大学中文系开设课程时，提出了白话文新诗在内容和形式上的分辨，认为新诗应当是内容胜于形式的。从这一角度来看，本诗就做到了内容的充实与情感的真挚。

  本诗描述了一个年轻人心灵的追梦旅程。出发时的目标是"寻找一片净土一寸光芒"，但行走在路上，并不能随意"以自己为圆心躺下",因为周遭"人们都在高唱成者为王",在此情境下,"我"只能勇敢前行,终于看到"前面已有一丝光亮",从而收获心灵的感动与成长。本诗题为《在路上》,从踏上旅途,到踌躇满志,到徘徊迷茫,到感怀欣慰,这个完整的心灵旅程在诗中展露无遗,相信能够在大学生中间引起较强的共鸣。

  当然,作为一首不够成熟的诗歌,本诗在形式修辞上、个别字词的选用上还需要进一步斟酌、锤炼,或许可以更有利于表现丰沛的真情实感。

2008 夏天,墨绿色的风吹过

丁 点

如果不是军训,你永远不会知道在寝室睡得昏天黑地是多么爽;

如果不是军训,你永远不会知道蚊子在叮你的时候会来回倒脚;

如果不是军训,你永远无法想象你天天一身臭汗却七天不能洗澡;

如果不是军训,你永远无法想象烈日下汗水把裤腿浸湿透的惨状……

如果不是军训,你永远没有机会和数千人做着整齐划一的动作;

如果不是军训,你永远没有机会每天一起床就撅着屁股叠豆腐块;

如果不是军训,你永远不会了解一种纠缠了爱与恨的情感;

如果不是军训,你永远都不会知道你会在坚持中学会成长……

怀柔七日归来,我们都经历了。

有一种美，由渺小汇成博大才显其惊艳。
你低头看着自己的军装，
丑丑的，它没有你平日衣装讲究的色彩和精心的设计；
臭臭的，你不会再有第二件衣服汗水湿了干干了湿你还不能换。

但是当这件迷彩寻得了它千千万万的兄弟姐妹，
沙土漫天的训练场上，
它见证的是胆量、责任和坚持！
是"黄沙百战穿金甲，不破楼兰终不还"的气魄和豪迈！

有一种刚，和男子无关。
当美丽柔腻的嗓音喊出震天豪壮的"嘿，杀！"
当娇丽可人的身段在飞扬的尘土中飞转腾挪，
当银光闪闪的匕首在炽热的阳光下刺出逼人的寒意，
当华美的红色绸缎飞舞出一片绿意中最动人的风景，
男生们惊叹，女生们叫好。
你们以其甜美柔弱之躯征服了靠力量说话的男人的练兵场，
你们是好样的！

有一种成功，和结果无关。
也许我们永远不可能像国庆阅兵式上的军人们步伐那般整齐和标致，
但是我们都会记得，
我们在清晨熹微的晨光中来回练习齐步；
我们在午后最毒辣的日头下艰难地定腿；
为了锻炼平衡感，军姿一站站到腿脚全麻；
为了口号整齐，声嘶力竭一遍一遍地喊。

虽然分列式方阵没有表演方队的风光与慑人的气势，
但是我们的苦与累丝毫不输于他们。
在最艰难的时刻，我们走过去了。
但我们"向右看"的时候，我们心里沉静而自豪。

有一种感动，叫猝不及防。
当我们拎着大包小包左顾右盼终于上了"开往春天的校车"，
心里更多的是一种解脱了的轻松和愉悦，
以及对学校喷涌而出的思念。
但当校车从这个让我们又疲又惫的军营里一路开过去，
我们突然发现沿路都是笔直立正标准军礼的教官。
急忙忙拉开窗帘，脸贴在玻璃上压扁变形。
抑制不住流泪的冲动，就算你不是一个感性的人。
七天的点点滴滴，休息时的欢笑，受累时的埋怨，
这一刻记忆如流水一般全都涌了回来，
在心上一遍遍冲刷，
如同带倒刺的小刀，割得你生疼。
你只知道，这是你的最后一次……
而这一刻，你又多么希望时间停滞，
让那些可爱的脸，让那些动人的时刻，
在此刻永远定格……

该记住的不会遗忘。
一颗炎黄子孙的赤心，
为中华之和平而操练的勇毅。
我们准备着，时刻准备着！

点评：王芳丽

　　诗的开头运用了排比的手法，刻画了军训时各种典型的记忆和作者对军训的看法，节奏和谐，显得感情洋溢；而且层次清楚、描写细腻、读来朗朗上口。接着作者讲述了自己的军训过程和感悟，十分具有青春活力，全诗散发着一股浓烈的青春气息。诗和其他文学形式一样，也要反映生活，也要生活气息越浓越好，舞文弄字虽属于头脑中的躁动，但绝非在脑子里一味地编织想象，而是放眼于真实的生活，并将实际的生活感悟及时地迁移到一时一地、一情一感被激发出的那一刻。这首诗胜就胜在其展示了军训期间的各种感悟以及各种场景，生活气息淳厚，读来十分亲切，感情很有爆发力，很能引起读者的共鸣。

　　全诗十分注重细节描写，认真刻画了几个有代表性的场景。但是仔细读来又缺乏特色，注重于大场景的描写，而未观察到最独特的地方，给人的感觉有点空洞，类似于喊口号一般的语言，并没有渲染出动人的意境。而且诗歌的情感是经过高度提炼的，本诗中的情感和语言都显得不太凝练，连接成一篇散文亦可。

大学里的双生花

有感于《平凡的世界》

林 俐

读《平凡的世界》，嗅到的不是书香，而是泥土的味道，掺和着生活的粉尘，悄然无声地吸进我的肺里。没有刻意的雕琢，就好像一个极尽整洁的小屋虚掩了门，阳光一缕斜刺进去，才看到飞扬的粉尘静默地飘着。

本就是生活，哪里有看起来那么澄澈。

闭上眼睛，黑色的煤窑里死命工作的工人、农村里面对黄土挥汗的农民、二十世纪八十年代在新与旧之间挣扎的农民企业家……这些离我并不遥远，却需要费些劲儿才能勾勒出来。说句实话，像我一样的孩子，或者坦白说更大一些已经在社会上摸爬滚打的人，有很多是看不起劳动者的。在公车上蓦然上来一群黄色工装、满身汗臭、推推搡搡的工人，最先皱起眉头往角落缩缩的怕就是我们，这似乎并没有什么不对。路遥说："当我们在辉煌的灯火下舒适地工作和学习，或搂着女伴翩翩起舞，尽情享受生活的时候，的确，我们也许根本不会想到，在这样一些荒凉的山沟里，在几百米深处的地下，这些流血流汗、黑的只露两排白牙齿的黑人为我们做了什么。"的确，很远，没有体会自然也就不会有所感悟。我相信，有些人越活越善良，就是因为在这人世间吃了很多的苦，所以看见别人受苦受难，愈合了的伤口也重新撕裂开来，过去的苦难沉在五脏六腑隐隐作痛，恻隐之心也就被激发出来了。心酸的生活史会使我们时刻保持着对普通人痛苦的敏感而入微的体会。比如说我，看见在寒风中瑟缩的发传单的人，总忍不住接过来，做过兼职才能体会这一切有多难。

很多老一辈说九零后是垮掉的一代，作为一个九零后，我自然是很愤慨。但是看过了《平凡的世界》，有一个问题就慢慢出现在我的脑海里，我们离生活越来越远了。一切都被父母照顾得很周到，没有像自己的父母一样吃过那样多的苦，也难怪社会的同情心在一点一点流失了。作为上世纪中期出生的老作家，路遥或许写不出那些每天被我们捧在手上的黑色格调的都市寓言，也写不出郭敬明式的流光溢彩的似乎饱含着疼痛的小情调，他的文字很清淡，就像和父亲的对话，亲切，但不轻松。如果说现在很多作家的文字是一个化着哥特妆的少女，路遥的文字更像是一个上了年纪的老者，要说的话就在他眼角的皱纹里，就在他皲裂的手指里，就在他吐出的打着旋的烟圈里。但是，那个少女的眼睛是寒的，美，但却难以接近。老者的眼睛是暖的，就好像冬天照在薄雪上的阳光。

那是生活的味道，不惊艳，不刻骨，还沾着灰尘。

记得曾经看见过这样一句话：我还是没有什么进步，因为我的世界里没有苍生，只有你和我两个人而已。没错，这就是我们的状态呀！因为我们离生活太远了吧，生活本就是平凡的，我们却总希望借着青春的冲劲灼烧出别样的火花。人需要火，但火往往能把人烫伤，甚至化为灰烬。真正的幸福也许本来就是平淡的，就是我们嗤之以鼻的那种"庸俗"。"什么叫幸福？幸福在任何地方都是相同的，在这荒凉的山野矿区，在这土窑窝棚里，人依然会活得如此幸福和美好！"路遥笔下的人都是一些极其平凡的人，一个平凡的矿工、一村平凡的人、一撮平凡的梦想，但是却鲜活地迸发出生活的味道。也许有一天我们可以甘于平凡，勇于平凡，我们的心里才能装下更多的人。生活中真正的勇士向来默默无闻，喧哗不止的永远是自视高贵的一群。

很难想象，一个双脚从没沾过泥土的记者，他的心会是柔软的，他的眼光会是敏锐的，他的镜头里会出现天下；一个从没触摸过一抔黄土的经济学家，会真正懂得他口里的"国计民生"的含义……甚至爱情，"爱情，应该真正建立在现实生活坚实的基础之上，否则，它就是在活生生的生活之树上盛开的一朵不结果实的花"。而我们总是忘记给爱情建一艘驶向现实海洋的船，却沉浸在虚幻的浪漫中不能自拔。

《平凡的世界》里的人多半是苦难的，但丝毫没有颓废的气息，而是带着铮铮的生命力。淹没！一个平凡而普通的人，时时都会感到被生活的狂涛巨浪所淹没……该如何存在？你会被淹没么，或者，我会就此沉沦？不，就是这样平凡而真实的世界，有很多的遗憾和烦恼，但依然要挣扎着前行。

只是一些看过这本书的直观的感受，没有条理没有深度，甚至撇开了马上要交的各种论文，有点显得不务正业。但是，希望手捧着这样一些书，能把自己心里太多虚幻的浮华的感觉稀释，露出更多生活的本色，且歌且行……

点评：张凡

《平凡的世界》是文学瑰宝，读它的人多，评论它的人自然也多，因此，对于《平凡的世界》的品读要么显得肤浅，要么沦为陈词滥调。但是，这篇文章却有一个可贵的地方，就是它谈感受，不是泛泛而谈，而是把自己对于一篇作品的感受和自己的经历、处境紧紧地结合起来，使得作品中所反映的世界和读者生活的时代形成了一种类比和呼应，因此，整篇文章读起来就让人觉得真实、感人。比如作者写《平凡的世界》中刻画的饱受苦难的劳动者带给自己的阅读体验时，就通过今天人们在公车上对待工人的态度以及自己因做过兼职而体会到发传单人辛苦的事例，让这种阅读感受立体可感、真实可感。除此之外，整篇文章还充满了反思精神，将一部伟大作品对一个九零后心灵的冲击和洗涤表现得恰如其分。除了感情上的真实外，本文在语言上也有很多可取之处，作者的语言时而细腻婉转，时而磅礴大气，再加上对比、排比、比喻等修辞手法的运用，使文章能够更好地表情达意。当然，这篇文章也有一些小小的不足，就是在文章的布局上有些散乱，如果能够稍作调整，将会更好。

问院落凄凉，几番春暮

——读《内闱》有感于宋代女性及其生活

蔡怡婷

有这么一群女人，靠着幼时被扭曲的小脚走过了几百年的历史，我们清楚地知道她们的存在，却又模糊地看不清那蹒跚的身影。

不论是那时的男人还是现在的我们，给予她们的关注总是那么微弱，那么偶然。

关于宋朝，看过史书，看过传记，看过文集，明明是厚厚的书页，满满当当的文字，总觉得缺些什么。那些文官武将的妻子在家中是看书还是刺绣？那些平民小贩的女儿许给了哪户人家？那些异乡旅人的老母亲，是在隐隐期盼还是已然绝望？历史，却吝啬地不言不语。也因此，我对于那个群体的存在，越发好奇难耐。

不得不说，《内闱》极大地满足了我。以往有关宋代女性的少数资料中，往往将女性摆在一个卑微的无足轻重的地位，要么作为男性的附属，一笔带过，要么以男性思维加以评判，局限性很大。然而，《内闱》不仅收集了许多散落在典籍中的零碎的资料，而且以一个西方女人的视角解读了那些故事。撇开文化差异，撇开对错高低，我想我们可以好好地看看，看看那群女子是怎样走过了那段岁月，看看这些文字如何填补一直以来的空白。

书中收集了很多往事，虽然讲述的是不同地位、不同处境以及不同结局的各种女子，但她们的故事总是与婚姻关联着。

当一个女子待字闺中时，她所受的教导是为了往后的一门好亲事；当一个女子嫁做人妇后，她的重心就很自然地转移到自己的婚姻生活。你会发现当时的女子除了婚姻，确实没有更多的东西。那么就很容易理解，为什么她们的喜怒哀乐都只在小小的庭院当中。年年岁岁居于内闱，是落泪成灰，还是心存希冀？从那些被认作宿命的轨迹中，隐隐显现着宋代女子一生的悲喜荣辱——

问院落凄凉，几番春暮。

先来说说出嫁之前的女子吧。我总觉得，宋代女子一生的婚姻生活与她坐上花轿前的十几年日子是分不开的。

《内闱》中提到一幅图，内容大致是蔡文姬被游牧部落俘获12年后回到家乡。画面最后一段的情节是她终于被护送到父母的家，像其他上层人家一样，她的家也在一所院子里，有围墙围着。护送队的人大都停留在大门外边。门对面有一道墙挡住路人的视线，使他们看不见里面的房屋。前院的尽头，女人们已聚在一起迎接蔡文姬回家。由于兴奋，她们虽走出内闱的门口，但仍然让自己处于生人的视线以外。

这便是"男女有别"——女子时时被耳提面命的原则。

"内外不共井，不共浴室，不共厕。男治外事，女治内事。男子昼无故不处私室，妇人无故不窥中门。有故出中门，必拥蔽其面。"司马光曾直接、粗暴地把上述文字概括为："女子十年不出，内也。"不得不说，即便他再博学睿智，到底还是个传统的男人，想着"圈养"女人。

初看这段文字，尤其是"掩面"之说，一下让我想到沙特阿拉伯的妇女们，比起时时刻刻从头到脚地将自己包裹着，连眼睛也都隐藏在黑纱下的她们，宋代的小姐们是否还显得更自由些？

平心而论，这样的限制，并不能归结于是谁的错。我们不能要求近一千年前的社会有多开放，也不能要求从小就这样成长的女人们突然觉得不应该。我只是不明白，为什么当时的男人们甚至于整个社会，都对约束女人如此热衷呢？一些写传记的人，当然都是男人，他们坚持：如果女人真的愿意一直待在家里，那将值得大书特书。一位陪着当官的丈夫和儿子住过许多地方的女人，因为从未想过到附近的名胜古迹看一看而受到赞赏，哪怕家人动员她去，她也不去。于是，那些人为她记下了她的事迹；有一个女人乐于待在家里，拒绝与丈夫出去观景，说那不是女人做的事。于是，那些人记下了她的名字——张季兰。这样的行为，难道不是在为还未涉世的女孩们树立一种楷模的错觉吗？

社会风尚如此，想必家庭教育也是。

满足于或被迫满足于那小小的四角天空的她们，总是让我同情。比起日常行动的限制，潜意识里产生的束缚才是最无情的。她们甚至连对外界的向往都不曾拥有，她们也许以为，那四方形的天空已经足够。

这种认知在女子最初的十几年中被不断灌输和加强，而后随着嫁妆和红盖头一起被抬进了婚姻。

"蹴罢秋千，起来慵整纤纤手。露浓花瘦，薄汗轻衣透。

见客入来，袜铲金钗溜，和羞走。倚门回首，却把青梅嗅。"

——李清照《点绛唇》

这种娇羞甜蜜，曾经很长时间地营造着一种错觉。或许，婚姻，女人的第二次生命，可以带来新生和转机？

可是，彼时的婚嫁，原来并不像现在这样——相遇相知相许，便可以厮守终身。试想一下，你连大门都不迈出一步，要去哪里相遇？见着陌生男子便需回避，又如何相知？父母之命媒妁之言，哪容得你相许？爱情，似乎并不存在于那个年代。谈不上两情相悦，婚姻更像是父母为女儿选择的后半生。刻薄一点说，便是凭着一个女儿，与另一家结盟。女子并不是与一个男子结婚，而是与一个家族。她的父母需要同盟的支持，而她则需要负责取悦这整个家族。

李清照虽说经历了家族由盛到衰的巨大落差，后半生也不得不在颠沛流离中度过，但她与赵明诚的美满婚姻曾艳羡多少人。你看那"倚门回首，却把青梅嗅"，相遇便是这般明媚动人。然而北宋南宋的漫长光阴中，这样的琴瑟之和又有多少呢？《点绛唇》的温暖，终究抵不过《钗头凤》的恶寒。

"世情薄，人情恶，雨送黄昏花易落。晓风干，泪痕残，欲笺心事，独语斜阑。难，难，难！

人成各，今非昨，病魂常似秋千索。角声寒，夜阑珊，怕人寻问，咽泪装欢。瞒，瞒，瞒！"

——唐婉《钗头凤》

唐婉和陆游之间的曲折，自不必多说，单薄而苍凉的结局固然令人扼腕，但也是那个时代现实的印证，难以避免。他们的分离不能简单地归为婆媳不和，而是由于唐婉无法满足宋代对于"妻子"这一角色的要求。她不需要与丈夫你侬我侬，而应该督促他考取功名；她也不需要吟诗绘画，而要能操持柴米油盐；她什么都可以被原谅，除了数年未生育。面对种种家庭要求，文采斐然的唐婉却是不合格的。

除了家庭的要求，还有社会的约束。理学盛行之时，亦是女子被高要求的时候。理学家朱熹从古代经典和晚近的著作里选出了强调婚姻严肃性的段落，强调妻子应服从并忠实于丈夫，还强调了男女之隔的原则。他引用了礼仪经典中的儒家之论："妇人，伏于人也。是故无专制之义，有三从之道：在家从父，适人从夫，夫死从子。"于是，女子不仅要接受包办婚姻，还要谨遵三从四德，不犯所谓的"七出之条"。

当然，并不是所有女子都像唐婉一样，做得好的人也是有的，比如韩觊妻于氏。"……虽生长膏腴，家门鼎贵，而动遵礼度，躬自俭约。宗党敬之。年十八，觊从军没。于氏哀毁骨立，恸感行路……及免丧，其父以其幼少无子，欲嫁之。誓不许，遂以夫孽子世隆为嗣，身自抚育，爱同己生。训导有方，卒能成立。自孀居以后……蔬食布衣，不听声乐，以此终身。"

她不仅贤淑勤俭，温良恭俭让样样具备，而且从十八岁开始，独自养大不是自己亲生的儿子，就这样一辈子清清淡淡，忠贞不二。书中说，丈夫的死并未减轻她对丈夫一脉承担的义务。可是，这义务中有多少是世俗强加在她身上而不能自主的，又有多少是因为她对丈夫的爱和承诺呢？守寡，守着女人可能是最美好的那段光阴，等待永远不可能归来的名义上的良人，除了模糊的贞节牌坊的影子等候在生命尽头，女人还剩什么？那逝去的男人又得到什么？不过是满足了理学家设置的条条框框，却空虚了本该美丽的韶华，甚至辜负了迟来的某个转角的邂逅。

不记得在哪里看见过一块牌坊，也不记得它矗立在那里是为了证明谁的忠贞，我只知道，当我的手慢慢抚过那破损的表面时，触碰的仿佛是一个老妇人龟裂的皮肤，还有蔓延在褶皱里的无法言说的悲凉。

同样是责任和坚持，军嫂罗映珍用七百多个日夜的等候和写满爱情的日记唤醒丈夫，曾经让我止不住地落泪，但那眼泪是欣喜的，敬佩的，不仅仅是因为感动于她和丈夫之间的深情坚守，也感谢上苍充满仁慈的结局。而面对着几百年前所谓的忠贞的标志，我却有一种憎恨和无力。它何德何能，如斯重要，平白取走了女人一辈子幸福的遐想，却备受推崇！

和矗立在历史中的贞节牌坊一样无法让我欢喜的，还有"三寸金莲"。

缠足不是起源于宋，更不是终结于宋，但宋代可以说是缠足盛行的年代。而这种盛行与女子的婚姻也有着一定程度上的联系：

宋朝妇女特定的角色是妻子，为此她们以长辈的行为为参考，学习有用的持家技能，还有个人方面的使她们显得有魅力的修养。展示魅力的花样越来越多，包括令人剧痛的缠足，它被有身份的女人从女艺人和妓女那儿借来，用来和她们争夺丈夫的宠爱。

事实上，当极幼小的女孩也被拉进这旋涡中时，缠足就不再仅仅是一种争宠的手段，而变成了更为普遍的女子的必要条件——不缠足的女子，在未来婚姻的选择中就等于输在了起跑线上。

社会对于女子缠足的看法，大体可以反映在宋代文人身上——他们认为缠足代表精致的美。苏轼曾特地作词写用手掌握住缠足时感到的惊艳："涂香莫惜连承步，长愁罗袜凌波去；只见舞回风，都无行处踪，偷穿宫样稳，并立双趺困：纤妙说应难，需从掌上看。"也有其他诗人惊叹纤细、弓形的小脚或把它形容为一弯新月。所以说，"三寸金莲"是社会普遍的审美，而缠足是女人为了显得美丽而付出的代价。

或许这可以解释，为什么在缠足这项活动中，女人们似乎不像在其他方面那么被动。是妈妈们，而不是求婚者，无视裹脚引起的剧痛把小女孩的脚绑起来。缠足是她们强加给自己的暴力。

她们为裹出一双完美的脚而骄傲吗？

我想，是无所谓骄傲的。如果可以，哪有妈妈会愿意让女儿承受这种扭曲的痛苦呢？毕竟她们也是从小女孩走过来的啊！可是，就如同十几年前，自己在家中声嘶力竭地哭泣，而母亲依然强作镇定地为自己缠足一样，不是不想停下，而是不允许停下。

没错，是妈妈们主动想起这是个该缠足的年龄了，也是妈妈们主动拿起裹脚布走向了幼女，但她们为什么要缠足？她们为了谁在缠足？若不是怕自家女儿会被男人看不上，她们需要缠足吗？那背后一双双推着她们向前的手，看不到不代表不存在。

"楚王好细腰，宫中多饿死。"大概也是这个道理吧。他从未说过要哪个女人死，只是很坦白地表示杨柳细腰才是他认可的美丽。于是之后的"美人省食"也不算他的过错，错只错在饿死的人太过在意他了。

一个楚王的喜好决定了三千妃嫔的性命，那么一整个朝代的审美造成了无数女孩的苦难，似乎也是合情合理无可厚非了。可怜了那些陷入从被缠足到缠足的不断循环的女人，付出了代价却不是为了自己。

客观而言，宋代，虽然不像大唐那么明媚，其实也并不是多么凄风惨雨。

《内闱》开篇不久便写了王八郎妻子的故事：王八郎在外相好，与妻子不善，欲逐之。妻子悄悄变卖家中器物，与王八郎对簿公堂，仳离并要走了女儿。仳离后，妻子依靠才能做买卖，生意不错。王八郎上门询问时，妻叱逐之："既已决绝，便如路人，安得预我家事？"两人死后，女儿欲将其合葬，两骸东西相背，虽同穴，怨偶而已。

可见，女子聪慧，即使不能阻止失去丈夫，也不见得吃亏；女子能干，即使没有男人供养，也可以很好地生活；女子倔强，即使无法改变命运，也不吝于反抗。

我相信，有很多未被记载的女子能够如此，所以我也相信，宋代不是什么"女性生活急剧恶化的时代"。之所以念念叨叨的总是不满，不过是为那许多不曾昂首活过的女人怄一口气罢了。该赞扬的，该评价的，自有那些研究者来定论，而我，只是以不怎么客观的眼光，回顾着一段历史，认识着一群人。

最深处的感情，大概是哀其不幸，怒其不争吧。

她们平静安宁地过着自己的生活，承受着并不认为是苦难的经历，也许我所在意的种种不公并不是那么严重，甚至没有谁产生了被压迫的认知。她们懂不了太多，也想不了太多。但是，年年岁岁地被困在狭小的内闱之中，她们没有怨恨，也没有不甘吗？

她们有没有那么一点点的念头，无关什么深层思考，只是最本能的感情？我总觉得那一层笼罩在她们，乃至所有同时代女性身上的，是同样的淡淡的哀愁。

问院落凄凉，几番春暮。守着花开花落的女子，想是做不到云卷云舒的淡然吧。那不可言说的寂寥，无处安放的静默，在历史的荒野中终究被慢慢吹散了。

点评：娄赛赛

作者在这篇文章中探讨了一个严肃的女性主义问题。她认为《内闱》收集了许多散落在典籍中的零碎的资料，并以一个西方女人的视角解读了那些故事。从蔡文姬归故到李清照"倚门回首，却把青梅嗅"，再到陆游唐婉钗头凤，作者探讨了宋代女性的身份和地位。大门不出二门不迈、遵守三从四德，这是贬低了女性作为人的权利的。而古代中国女性热衷的裹脚——以肉体的疼痛来迎合男性的另类审美，这又成了一个突破口。

作者认为"也许我所在意的种种不公并不是那么严重，甚至没有谁产生了被压迫的认知"。作者这种"哀其不幸，怒其不争"的感情，促使其以一种21世纪新女性的立场理智审视了作为一种主体的女性。

九百年前的故人

——读王水照《苏轼传》有感

刘青玲

　　读王水照先生的《苏轼传》,感慨良多,一幅幅苏轼图拼了命往脑子里涌:少年意气风发赋诗饮酒的苏轼,苏州温山软水中快意人生的苏轼,入狱后受尽折辱苦苦支撑的苏轼,黄州东坡夜游赏月的苏轼,海南沙滩椰影中超然自得的苏轼……想了良多,到最后,却独独剩下李公麟所绘的《东坡扶杖醉坐图》:苏轼手按竹杖,斜坐磐石,醉眼惺忪,没有醒时的朗朗大笑,豁达开朗,独剩一份恬静与混沌,颇有"难得一醉"的无奈。其实,那才是苏轼的一生———一位智者的苦难超越。

　　提起苏轼,就不能不说一说他的诗,说一说他的词,说一说他的经天纬地,满腹经纶。不似李白的浪漫,光怪陆离;不似杜甫的沉重悲伤;不似柳三变的多情风流;更不似李商隐的晦涩难明。苏轼写的就是苏轼,大至国家大事——"可以赏,可以无赏,赏之过乎仁;可以罚,可以无罚,罚之过乎义",小至午间小憩——"昏昏觉还卧,展转无由足。强起出门去,孤梦犹可续"。王水照先生说:"苏轼的诗歌内容丰富,题材广泛,在艺术上戛戛独造,别开生面。""苏轼是继欧阳修之后宋代古文运动的领袖,他和欧阳修一起,建立了一种稳定而成熟的散文风格,平易自然,流畅婉转。"苏轼的诗词,一扫五代时期,浮华空洞的文风,使诗词更趋于生活化，大众化。有时候，念着念着，就顿生疑窦：这是一位诗词大家的诗作吗？是不是太过琐碎些了？"喻理于生活"，这何尝不是诗作大成的一种表现："横看成岭侧成峰，远近高低各不同。不识庐山真面目，只缘身在此山中。"这一直是千百年来人们津津乐道的哲理诗。"乌台诗案"后，苏轼真正地成熟了——与古往今来许多大家一样，成熟于一场灾难之后，成熟于灭寂后的再生，成熟于穷乡僻壤，成熟于几乎没有人在他身边的时刻。也是同于此时，苏轼的诗也在苦难中成长起来，少了一份书生意气，多了一份淡然、宁静，多了一份人生感悟与了然，多了一份"拣尽寒枝不肯栖，寂寞沙洲冷"。

固然，苏轼能在文坛上名声大噪，其卓绝的才华绝对功不可没，但其独特的人格魅力也是使其熠熠生辉的重要原因之一。

豁达，率真，这几乎是千百年来无数人给苏轼贴上的标签。这也是苏轼"上可陪玉皇大帝，下可陪卑田院乞儿，眼前见天下无一个不好人"的原因之一。诚然，能在被贬后，迅速从悲伤之中抽离，置身于当地民俗，交友游乐，自得其乐的人不多；在经历"乌台诗案"，这种命悬一线的惊心时刻后，仍能登山临水，怀古凭吊，乐观生活的文人更是屈指可数。中秋圆月，难以与亲人团聚，这本是一幅"寂寞人中秋怀弟图"，硬是被他的一句"但愿人长久，千里共婵娟"，变成了"望月祈福图"。本是被贬黄州，看田归途偏逢料峭寒雨，他却在雨中漫步，高唱"竹杖芒鞋轻胜马，谁怕？一蓑烟雨任平生"。这样一个多灾多难，却又开朗乐观的才子，就如暮夜的那轮皎皎之月，深深地吸引众人的目光。也正是由此，苏轼身边聚集了一大批文人好友，有文坛泰山北斗欧阳修，也有海南渔民黎氏兄弟，有游侠陈慥，也有失意酸儒潘丙。他就像一掬清水，无论处于高堂之高，还是江湖之远，他都能以自己的方式融入生活，渗入别人的生活，怡然自得。

但是，可叹的是，美玉有瑕，寸木有节，苏轼豁达的性格之中也有难以克服的缺陷——怯懦。苏轼面对强权，强敌，是个怯懦的退缩者。神宗逝世后，高太后执政，将苏轼从黄州调回，并决意重用他。此时，朝中变法、反变法斗争如火如荼，更有一些朝中奸佞小人利用变法来打压反变法大臣。苏轼作为久负盛名的反变法代表，自然是首当其冲。但是，面对坏人的陷害，苏轼大多数都是自辩，博取执政者的信任，却极少给予反击，甚至害怕他们的再次迫害。最后，多次申请外调，只愿远离是非之地，求得一方安宁。你可以说，他是坦荡荡的正人君子，不屑与"小人"计较；你也可以说，他厌倦了党派之争，憎恨在辩驳与被陷害之间的周旋。但是，无可否认，他选择了避居，选择扮演防守者的角色，他没有直面朝堂上的风风雨雨，没有为百官除害，没有对对手充满恶意的迫害予以有力回击，这又何尝不是一种怯弱？一种逃避？不仅如此，面对曾经的伤害，苏轼难以释怀，多年来，避居朝堂，坚持在外任官，不正是其"乌台诗案"的恐惧在作祟？即使晚年经赦免，从海南北归，弟弟诚邀哥哥至颖昌，共同生活。但是，苏轼却忧心颖昌距政治中心太近，容易引来无妄之灾，而拒绝苏辙的邀请。记得鲁迅先生有句话："真正的勇士敢于直面惨淡的人生，敢于正视淋漓的鲜血。"苏轼缺少的，正是这种失败后，再次直面困难的勇气，缺少再次面对造成自己恐惧心理的罪魁祸首的勇气。

此外，苏轼是个奇怪的矛盾体。不同于范仲淹的全心为国，也异于陶渊明的退隐江湖。苏轼出入于儒道之间，在出世与入世之间徘徊。他欲跳脱官场，出入山林，行扁舟，赏垂柳，笑看人生，却挣不脱儒家孔孟济世救民之道。他欲投身宦海沉浮，却仍贪恋游戏山林的那份潇洒自在，希望"小舟从此逝，江海寄余生"。苏轼就像那手捧两个心仪玩具的小孩，看看这个，摸摸那个，都难以舍弃。最终，苏轼怀着年少时与弟弟苏辙"及早隐退，享尽闲居之乐"的约定，抱憾而去。这种对出仕报国的热情，与游戏山林的追求的矛盾，一直在苏轼的脑中纠葛。在朝为官，他感慨"归老江湖无岁月，未填沟壑犹朝请"；被贬黄州，他高呼"持节云中，何日遣冯唐"。他在二者之间不断纠结，选择，舍弃。至死，他也没有明白，他需要谁更多一些。

此外，他对变法与反变法也持着一种奇怪的矛盾态度。早期出仕，"庆历新政"刚刚失败，他大声疾呼"涤荡振刷而卓然有所立"，期望神宗皇帝"一日赫然奋其刚健之威"，极力主张变法。然而，有趣的是，王安石变法中，苏轼却是个完完全全的反变法人士，他无条件地站到了反变法阵营。正如王水照先生在《苏轼传》中说，他的思想深处本来就充满着变革与反变革的对立因素，这种内在的矛盾性，使他在不同的政治环境中，产生了几乎完全不同的政治见解。

于政治方面，苏轼是个不折不扣的百姓父母官。密州除蝗，收养遗弃儿童，徐州抗洪建堤，苏州清理西湖建苏堤……每每新到上任，苏轼便会考察民情，为民尽力，深得民心，以至"乌台诗案"中，百姓上书为苏轼求情辩解。种种迹象，足显其在百姓中的人气之高。但是，苏轼是个悲天悯人的孺子牛，却不是个高瞻远瞩的领导者。他可以在百姓中兢兢业业，经营一方，但却做不了那站在高处、指引方向的高位者。早年成名，没有从政经验，没有对国家社会的深入了解、分析与思考，仅仅凭着书本上的孔孟之道，凭着自己的学识、才华、意气，做一些华而不实的书生之谈。王安石变法中，苏轼深受恩师欧阳修的观点影响，被儒家因循守旧的思想紧紧束缚，他坚决反对新政，多次向神宗进言，废除新政，甚至不惜被贬，也要痛陈变法是祸国殃民之举。若干年后，苏轼深入百姓，才渐渐客观了解新政，知道新法固有弊端，但其为百姓带来的福利，也是无法抹杀的，这才逐渐转变了态度。作为领导者，其放纵不羁无拘无束的性格，使其缺乏敏锐的政治触觉，缺乏雷厉风行的变法魄力，缺乏揣摩主上、操控属下的能力。他看得不够远，想得不够深，对于国家的弊端，他理解得不够透彻。作为一个文人，他是优秀的，作为一位地方官员，他是无可挑剔的，但作为一位领导者，他身上的个人主义太过浓厚。他是个好职员，却不是个优秀的高层决策者。

洒脱也好，自我也罢，矛盾也好，率性也罢；爱民如子也好，难居高位也罢。苏轼就是苏轼，一位逝去九百年的古人，一位逝去九百年，却又在历史记忆中存活了九百年的故人。犹记得他的一句话："何夜无月，何处无竹柏，但少闲人如吾两人耳。"九百载韶光偷换，但遗孤月一轮，松柏青翠，却独独少了那月夜的夜游者，在孤寂苦难中，书写人生。

率性的故人，逝去在九百年前炎夏的月夜，却长存于千古，长存于我们的记忆中。透过那两千七百余首诗，那三百多阕词，那四千两百余篇散文，我们还可以依稀看见，当年的苏轼站在赤壁下，河风吹起皂白的长衫，撩起他的斑白长发，他面对滔滔流水，高唱："大江东去，浪淘尽，千古风流人物。"低吟："人生如梦，一樽还酹江月。"

点评：余建平

本文是作者在阅读王水照先生《苏轼传》之后的一些感想，苏轼无疑是中国历史上最具个人魅力的人物之一。他的豁然、率真、超脱，九百年之后仍深深地感染着我们，但作者站在庐山之外，以一种更为理性的眼光对苏轼作了新的评价。美玉有瑕，寸木有节，苏轼并不应该成为一个处处完美的神人。他也有他的痛苦，他的怯懦，他的矛盾，他的书生之见。作者的眼光独到，他明确指出，苏轼在面对强权和小人时，是个怯懦的退缩者，在出世与入世之间，是个矛盾的共同体，在政治治理方面，他是一个只能治理一方而不能高瞻远瞩的书生。这并不是对有千古芳名的苏东坡的诋毁，相反，这才是对一个真真实实的苏轼的客观评价。

商品经济时代与结构性浪费

卢熠蕾

与朋友在食堂吃晚饭，临走时她微蹙着眉头一指我的盘子，"真浪费，剩下这么多。"

我瞄一眼剩下大半的鲜菇泡饭，都是米饭。将盘子搁在餐具回收处的柜台上，我抬起头对着她笑了笑："实在吃不下了。"

发起于2013年1月的光盘行动，如今已经在全国畅行一年有余。然而，事实上，各大高校的食堂浪费现象依然屡见不鲜。人大食堂内，搁在餐具回收处柜台上的餐盘当中鲜能看见光盘，大部分餐盘还盛着剩下的饭菜就被学生们随手递给了回收处的阿姨。人来人往，没有人在把餐盘搁上柜台的时候朝盘内的剩菜多看一眼。

前几天去北大蹭饭，同学点了一份炒菜，没吃几口就皱着眉头推到一边，最后直接送到餐具回收处倒掉。问他为什么浪费，他皱着眉摇摇头："食堂的菜实在是太油了，我这几天肠胃不舒服，怎么受得了这样的菜。"

生活中的观察证明，我只是浪费大军中小小的一员。总的来说，没法将盘中餐吃完的理由无非就是以下几条：吃不下——大多数时候是吃不下套餐给的过多的米饭；太难吃——食堂的大锅菜有时候确实不太好下咽；不能吃——生病的时候就只好勉勉强强吃一点了，食堂一般来说不会为病号特别开小灶。当然也可能存在其他理由，但是，我想说明的是，没有人浪费是出于本意。在把餐盘递给打饭阿姨的时候，大多数人都是按照自己的饭量估量着点菜的，但最后递给回收处的却还是剩下许多饭菜的餐盘。

这其中的原因与我们所处的商品经济时代密不可分。

回想一下人大食堂的饭菜，可以简单地把它们分为两种：一层的大锅菜和二层的套餐。一层的大锅菜菜色丰富，各菜色按份供应，可自由组合；米饭按两供应。一般来说，这样的供应模式在量上能够与大多数学生的需求较灵活地进行匹配，学生能够按胃口大小选择一至多份菜，也很少有女生的胃小到盛不下一两米饭。然而，就质来说，食堂的大锅菜并不能满足大多数食客的需求，以油腻、口重、配菜诡异为特征的食堂大锅菜，比不上家里任何一道妈妈烧制的家常菜，对身体尤其是肠胃不适的学生来说就更加的不贴心、不好吃，甚至不能吃成为学生难以"清盘"的主要原因。二层的套餐则把主食、配菜按或蒸或炒的方式搭配在一起进行配套供应，口味较大锅菜要好很多，但突出特征往往是主食给得异常地多。这种供应方式也许能够在质上满足大多数学生党的口舌之欲，却经常在量上远远超出他们所需，同时，这种主食占比过大的营养搭配也难以满足学生的营养需要，吃不下、吃不了让套餐中的大半饭食白白被弃在餐具回收处。

食堂这样供应是有理由的。大锅菜不必注重口味，只要炒熟就行，这样的低标准将能够大大提高生产效率，而由于手抖等疏忽而浪费的调料其价格往往可以忽略不计。套餐内提高主食比重，降低了相对来说价格更为昂贵的蔬菜与肉类占比，从而压缩了成本，创造出更大的利润空间。最后，高校食堂是一个典型的垄断市场，在几乎不存在其他竞争者的情况下，食堂不必担心自己粗制滥造的饭食会没有销路，从而使得其独具特色的盈利模式获得了可持续性。

再回想一下我们的商品经济时代，我们生活在一个大食堂里——我们的生活中所有的供应商都争先恐后地以能够为他们带来最大利润的方式进行商品生产,而消费者的切实需求则被放在了相对不重要的位置。按份供应是商品经济时代的一项最为突出的特征。被整齐切割的商品为规模化生产提供了可行性,使得生产率的大幅提升成为可能。然而按份供应也是最难以顾及消费者实际需要的生产方式,对那些在量上一般而言不存在累加的产品(如食堂内的套餐)来说尤为如此:对同一产品各人需要的具体分量千差万别,而所有的这些需求不一的消费者面对着的却是同一的产品。此外,隐性压缩商品成本也是常见的盈利模式,占有价格优势的劣质产品充斥市场,却难以满足消费者的实际需求。

然而,我们所处的商品经济时代自身也是一个垄断巨头——因为在这个资本主义的时代,没有人按照不产生最大利润的方式进行生产;背离资本的逐利本性,就会受到这个被资本主宰的时代的惩罚;市场会自动地清理那些过于道德的生产者,如果道德会妨碍资本进一步扩张的话。所以,不存在另一种经济,完全按照我们的需求为我们进行生产,商品经济没有对手。

同时,商品经济时代存在种种让它的盈利模式能够正常运转下去的机制。充斥着我们日常生活的广告,就是其中最典型的代表。广告在文化上占领我们的需求,为我们创造出虚假的渴望,我们原本不需要的东西在被广告赋予文化的含义之后变成了不可或缺的:广告能够为任何一种商品附上丰富多彩、内涵深厚的寓意,而我们总是很容易被那些看上去很美的东西吸引——一种不存在饱和问题的吸引。于是,商品大量生产,我们大量消费。产品和实际需求之间不相匹配的那部分,被广告所鼓吹出的虚假渴望填得满满当当。想一想,你的柜子里塞满了多少你其实并不真正需要的东西?

在生产和需求不能够完全匹配,并且这种匹配将在一定机制的支持下长时间存在的情况下,浪费作为购买超出需求的部分,是不可避免的，也是必然的。这是一种结构性浪费，是大时代更新发展过程中的一项系统性误差。资本主义时代生产和消费的分离产生了许许多多的问题，浪费只是其中之一。

只有当生产和消费再度匹配的时候，才能够从根本上解决浪费的问题。私人订制是使得生产和消费实现相互匹配的一个发展方向。我们的时代还有很长的路要走。

所以，就算人大中区食堂同意把馒头切成两半卖以减少浪费，也没办法从根本上解决减肥的女生继续把吃不完的四分之一个馒头送到餐具回收处的问题。不能怪食堂馒头做得太大，更不能怪女生吃得太少。这个世界有问题，我们只有慢慢地和它一起变好。

点评：张凡

这篇文章很有意思，文章开始写了两个在食堂吃饭而把饭剩下的例子，从食堂剩饭这样一个很小、很普遍的现象入手，分析学生在食堂吃饭经常会浪费的原因，作者显然是一名学经济的同学，她从供需关系的角度为我们解释了为什么会存在这种浪费，有理有据。解释完食堂浪费存在的原因之后，作者再深入一步，着眼于我们所生活的整个商品经济时代，进而揭示整个社会存在浪费的深层原因。对于这篇文章，我们先不论其在专业知识领域具有多大的价值，只说其写作模式的话，是非常值得学习的。文章的思路非常清晰，从一个普遍的生活现象入手，分析解释其原因，再推及到一个更大的范围之内，整篇文章具有三个非常明显的层次，逐层推进，逐层深入，让人信服。在语言上，词语的使用也恰如其分，表达比较到位。

大学里的双生花

——崇洋与尚古的博弈

苏逸冰

崇洋与尚古是一蔓而成的双生花，他们都根植于通晓中西的知识，却开向了两个截然不同的方向。

在大学里，崇洋的先生，最喜欢的便是提及大洋的彼岸。从群雄争霸的政治到钟情学术的教育，都会是他课堂的常客。他乐于将学生推向世界，并试图带给他们国际的视野，使其能看风起云涌、诡谲多端的政治局势，也可享异彩纷呈、滋味万千的文化大餐。

而尚古的先生则完全不同。他们穿越时间的洪流，带领学生回归这片土地上曾经的金戈铁马、百家争鸣。他不提洋务，不言洋语，却有一份浑然天成的书香和一种指点世界的霸气。他同样关注今日的政治格局、文化前景，却只身前往远古，到先贤那里寻求答案。

崇洋与尚古并不认同对方。他们的门徒，各据一方，直面当今世界发展，博弈天下。

崇洋的先生嫌弃尚古者太土太腐。即便对祖宗们的东西，有一份天然的敬畏，却也不妨碍他们对同僚的学术进行批判。在他们眼中，古今大异，不可同日而语。即便古人在某一个方向造诣非常，也不可直接施用于今日。而想要从中提炼原理方法，却会由于学问艰深，往往所耗人、财众多，还不能窥其深意。即便是对上了，所谓的思想方法又太具备普适性，往往与从西方直接获得的东西相同，并不能如其所言那般适合中国国情。

尚古的先生反击起来，便言崇洋者太假太俗。在他们看来，崇洋者引进知识固然很好，而不能形成"一家之言"，实属可惜。在大学里，那些尚古的先生们往往有一个极其宏达的企图，他们想要做的，是发展出适用于中国的学术体系与学术语言，恢复中国在学术上的话语权。正是因为如此，他们在掌握西方的先进知识的同时，却依旧钟情古典，守护人文。

崇洋与尚古，是大学里两种完全不同的学术观念。他们的追随者，学贯中西，却有自己的学术偏向。世人用他们的眼光，去衡量着两种完全不同的学术观，企图对比出一个高低的做法，恐怕是不可取的。

私下认为，崇洋和尚古是一蔓而成的双生花。没有高低，没有美丑，不过是学术大门后，两条共同通往学术高地的小路，只是一条走在空间上，向着西方发展；一条走在时间上，往幽而更幽的地方走去。

点评：王芳丽

本文非常娴熟地运用拟人手法，将崇洋和尚古两个抽象的概念比作大学里的两位老先生，可谓奇思妙想，立意新颖，并且善于运用对比的手法，比较崇洋和尚古的异同点，并由此阐述自己的看法。这篇文章不同于一般的说理文，全篇洋溢着一种趣味盎然的人文气息，我们在了解崇洋和尚古在大学里博弈的同时，仿佛看到了两位学贯中西却又互相看不惯的老学者相互抵触的景象，生动形象而富有画面感。难得的是，这篇文章的文字驾驭能力也是首屈一指，整篇文章跌宕起伏，纵横捭阖，浩然大气。横能打破国界，视野开阔；纵能追溯历史，有纵深度，颇有一种居高临下，指点江山的书生意气。仿佛作者是这一局博弈中的一个旁观者，视野清晰，头脑冷静，与两位当局者的执著和狂热恰恰相反，他能跳出棋外，旁观整个棋局，进行理性的分析，一针见血地指出棋局的利害所在，比两位当局者有更加开阔的视野和更加理性的高度。他的说明中含有析理，而始终不忘形象性和趣味性，文章虽短，却颇有动人的魅力。

稍有遗憾的是，本文虽然立意新颖，善用比拟，却没有在文中将这种生动发挥到最大化，缺乏细节描写，使得崇洋和尚古两位先生的形象不甚清晰。全篇的文字太具有政治性和说理性，也削弱了其人文气息。希望在以后的创作中能准确把握文风的统一性，做到选题立意和语言风格统一，衔接自然。

巧与拙

李修宜

　　浮于尘世，经营生活，每日不得不与人打交道。观其行，察其言，则必有"巧拙"之分："巧"意投机圆滑，"拙"意本真朴实。有人说这是一个"巧"的时代，"巧"才是生存准则。再看文章言论，亦有"巧""拙"之辨。浮躁空虚，不知所云比比皆是。此时我们应静心凝神，探寻何为本性，何为艺术美的境界。

　　古有巧拙，而流芳千古的是"拙"。所谓"大巧"之宴不可胜数，美食刍豢，蒸炙鱼鳖，满汉全席，宫廷玉食，甚者目不能遍视，口不能遍味。而人们更爱的却是兰亭之宴，无丝竹管弦之盛，一觞一咏，亦足以畅叙幽情。友人列坐溪旁，饮酒作诗，成大雅之作。再观欧阳修的宴酣之乐，亦甚"拙"尔，山肴野蔌，杂然而前陈，宾客喧哗，其乐融融。"拙"是脱去浮华奢靡，寄寓真性情的境界，流露出最质朴的本性，保守着心中最纯净的一片土地，人格由此而升华。

　　文学的"拙"，亦带着自然的清新。欣赏陶渊明的"开荒南野际，守拙归田园"，躬耕于田野间，体味纯正的生活。一代大家苏轼也有"絮帽铜钲"之类的朴拙诗句，壮志也好，失意也罢，本真的情趣不能失。有人辩驳，巧文亦被后人称赞，看那精巧细腻的花间词"杨柳岸，晓风残月"，温婉隽永，千种风情，可谓是镂金错彩的绮丽之句，词虽华丽，情亦真切，引人泪语凝噎，饱满的感情何不精雕细琢。

庄子在《外物篇》论述了言与意的关系，提出了"言者所以在意，得意而忘言"的观点，平淡稚拙的形式无可厚非，只要内容是真的、美的、善的，"拙词孕以巧义"即是如此。王国维的《人间词话》也有"大家之作，其言情也必沁人心脾，其写景也必豁人耳目。其辞脱口而出，无矫揉妆束之态。以其所见者真，所知者深也。诗词皆然"。所以我们追求的也应是此般境界，流于内心，寄寓情愫。

在"巧"的时代，何以不趋于世俗，不谙于世故。要像《庄子》寓言中的老人，知机械化的投机取巧而不为，吃力地抱着大瓮取水浇地，他不是怕用取巧省力的方法，而是怕心也投机取巧，不能保持纯洁清明。静下心来，发现身边不朽的"拙"越。画家吴冠中的家不足80平方米，每天粗茶淡饭，安享质朴的生活。作家莫言获得诺贝尔奖后，没有得意与宣扬，依旧平凡地生活，他发表的《讲故事的人》的演讲，朴实无华，却潜移默化地触动了听者的内心。还有很多社会底层、奋力拼搏的人，用强大的内心将卑微的生命画进大时代。

不论是个人生活，抑或是写文作画，"拙"是一种人生境界，让人感到纯粹真实，撇开雕刻取巧之风，"既雕既琢，复归于朴"，便如水中莲花，出淤泥而不染，濯清涟而不妖，活出自我，回归本性。

点评：张凡

这篇文章虽然短小，但是内容却丰富且有意义，作者所论的"巧"与"拙"，不是人们通常所理解的思想或行动上的，而是一种生活的境界和状态，作者认为"拙"才是"最朴质的本性"，是值得推崇的。并且，作者从宴饮中的"巧"与"拙"、文学作品中言与意的关系等方面论证了这一观点。除此之外，作者还以《庄子》寓言中的老人、现实中的吴冠中和莫言为例，再次说明了"拙"这种境界的可贵。

作者通过对比、举例等方法来证明自己的观点，观点鲜明，论据充分，有一定的说服力。并且，文章在语言的使用上也有不少出彩之处，词汇使用准确而丰富，尤其是首段的语言，颇有古风，充满智性。

不过，文章题目为"巧与拙"，但就现在的内容来看，全篇几乎都是在论"拙"，对于"巧"的部分论述得过少，不能充分体现文章标题的内容。同时，如果文章能再加入一些关于"巧"的论述，增强对比，则能更好地达到突出"拙"的效果。

后　记

"后生可畏，焉知来者不如今也？"这句《论语》中的名言大家都不陌生吧？但是，我相信当你读完这本文集后，你会对它的理解更加全面与深刻。多年从事语文教学，被学生优秀习作所感动是常有的，但今天读到人大学子的习作之后应该说不仅仅是感动，而且是被深深地震撼了。当你接触到这些深邃而鲜活的文字时，你的内心会充盈着一种激情，你想欢呼，你想歌唱，你想为当代学子们独特的慧眼和高妙的表达所欢呼，所歌唱。同时，你也会发自内心地感叹一声"后生可畏"！

翻开这本文集，你会发现小说、诗歌、散文、文艺论文，这些文学手段在他们的笔下演绎着一个个动人的故事，闪烁出一道道思想和感情的光芒。虽然这些习作还达不到"笔落惊风雨，诗成泣鬼神"的高度，但我们分明见到了他们对生活的独特思考与见地，看到了他们的理想与追求，他们对现代社会生活的主动参与与担当。你看《小书店》里那个女生，身体单薄，形容尚未丰满，但她却能在高考的重压下如饥似渴地啃食着发黄的世界名著；你看那《方镇的故事》《星空》写得多么沉重，思考的是多么重大的社会问题，稚嫩的肩膀不是在努力地担当又是什么？还有《大学里的双生花》《碎语二则》《爷爷的老屋》《2008 夏天，墨绿色的风吹过》《爱情，原来只是猜测》等，无不展示出当代青年对社会、人生的深切乃至痛苦的思考，对亲情、友情、爱情的真挚追求。而《听雨·洗心·看尘世》《晨光沐浴》《五月的留恋》等又都从一个侧面形象地展示了他们阳光灿烂的青春风貌。这一切的一切怎能不令人感动乃至震撼呢？

感动之外，我们还不能不被作品灵活而老成的文笔所折服。它们有的从容淡泊，有的雄浑大气，高古典雅的有之，含蓄缜密的有之，泼辣疏野的亦有之……笔调清新，各异其趣，篇篇牵动你的思想与灵魂，乃至让你爱不释手。这里除了作品之外，我们还不得不提到那些篇后的点评。篇篇评论虽没有批评家们那样的高度，没有学者教授们那种全面的分析与把握，但多数作为学生的话语，它们更具有独特的视角，敏锐的思想和活泼清爽的文字。这些各异其趣的点评与原汁原味的作品相呼应，读后会给你更多的欣喜与快乐。

快乐之余，我们禁不住思考：为什么这些涉世未深、阅历尚浅的学子们能有如此的造诣呢？

这当然是与他们个人的学习和追求分不开，也不能不承认他们各自与生俱来的天赋，然而我们同时也会感到这些与人民大学的教育环境是有着直接的关系的。毋庸说人大校园是自由而肥沃的土壤，是绿草茵茵的原野，而人大的教授们又是高明的放牧人。他们就像潘新和先生在《牧养原始生命的野性》中所说的那样：是他们把学生牧养在文化的沃野上，语言、文学的自然中，让他们自由地奔跑，纵情地觅食、嬉戏，让他们流连于绿荫河川，小憩于草尖花丛；风餐露宿，栉风沐雨……所以才造就了他们野性十足的、芬芳四溢的言语生命和思想硕果。只有在自由的心境中，他们的笔端才不会干涩，他们的思考才不会枯竭。这不由得让我们想到"五四"时期的北大，没有北大，哪有五四运动，哪有五四青年？当然，也许你会觉得这些文字还有许多的不完美与不成熟，它们还只是春天里的一粒嫩芽、一片新绿，但是，你能否认它们身上所散发出的绿草的幽香、涓流的清澈乃至整个春天的勃勃生机吗？

　　谁说 90 后是颓废的、坐享其成的一代，从这本文集中我们或许能看到未来的思想家、文学家，大师、学者们的身影。他们在生长着、发展着。他们是国家的希望，民族的未来，说他们是"天之骄子""青年才俊"是不过分的。让我们像保护环境一样呵护这些年轻人的"野性"与生机吧，这对于一个正在开创未来的民族来说是何等重要啊！

　　《"798"一角有架琴》得以出版，离不开前辈们的热情鼓励和大力支持。原散文学会会长、散文家、鲁迅研究专家林非先生和作家肖凤教授，欣然为之作序。这是对青年学生的关怀和扶植、激励和鞭策。路宝君教授、李晓虹教授、著名作家评论家关登瀛、张同吾等前辈，不但审阅了部分稿件，还不辞辛苦对个别作者给予悉心指导，让我们深受感动。青年们不但获得了知识和经验，更可贵的是，在追寻梦想的道路上获得了方向、力量和信心。在此对这些可敬的前辈们表示由衷的感谢。

　　我们还要感谢中国人民大学的，尤其文学院的领导和老师们。他们独具慧眼，培养人才，敢为人先，富于创造精神。为这本文集的诞生，不论在精神上还是物质上，都给予大力的支持。

　　中国人民公安大学教授唐永德先生，为出版这本文集也付出了很多辛劳，在此一并致谢。

　　此书的编辑历经数年，许多助教都积极踊跃地参与其中。遴选文稿、精心点评、打印校对，他们不计得失、不辞辛苦，如田荣颖、付琼、王玉琳等花费了不少精力和时间。可以说，这本文集是几届助教共同努力的成果。

　　总之，大学生朝气蓬勃、充满活力，是社会上最有激情和创造力的群体。他们的青春、多元、潮流、品位的共融必然会结出更加喜人的硕果的。让我们为他们祝福吧！大学校园是英才的摇篮、是基石，大学教授是人梯、是导师、是引路人，编辑出版的同仁是媒介、是催化者，大家共同的合作与建造，也必然会开创出更加美好的未来，让我们衷心地期待吧！

编 者
2014 年 10 月